为奴隶的母亲

柔石 著

图书在版编目（CIP）数据

为奴隶的母亲 / 柔石著. -- 济南：泰山出版社，2024. 10. --（中国近现代名家短篇小说精选）. ISBN 978-7-5519-0903-7

Ⅰ. I246.7

中国国家版本馆CIP数据核字第2024AP1790号

WEI NULI DE MUQIN
为奴隶的母亲

责任编辑 程 强 刘紫藤
装帧设计 路渊源

出版发行	泰山出版社
社　　址	济南市泺源大街2号　邮编　250014
电　　话	综 合 部（0531）82023579　82022566
	出版业务部（0531）82025510　82020455
网　　址	www.tscbs.com
电子信箱	tscbs@sohu.com
印　　刷	山东通达印刷有限公司
成品尺寸	140 mm×210 mm　32开
印　　张	6
字　　数	130千字
版　　次	2024年11月第1版
印　　次	2024年11月第1次印刷
标准书号	ISBN 978-7-5519-0903-7
定　　价	32.00元

凡 例

一、本书收录了作者的经典短篇小说，主要展现了作者的思想情感、审美取向与价值观念，以及当时的时代风貌等。

二、将作品改为简体横排，以适应当代的阅读习惯。原文存在标点不明、段落不分等不便于阅读之处，编者酌情予以调整。

三、作品尽量依照原作，以保持原作风格及其时代韵味，同时根据需要，对原文进行了适当的删减和订正。

四、对有些当时惯用的文字，如"的""地""底""得""作""做""哪""那""化钱"等，仍多遵照旧用。

目　录

疯　人　001

刽子手的故事　016

一个春天的午后　022

V之环行　031

人鬼和他底妻的故事　037

会　合　063

没有人听完她底哀诉　069

死　猫　075

夜底怪眼　080

别　085

遗　嘱　094

摧　残　100

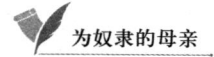

希　望 *108*

怪母亲 *117*

夜　宿 *124*

为奴隶的母亲 *131*

无聊的谈话 *163*

生　日 *170*

疯　人

　　事情的发觉在早晨，日中时，他就被逐了！而傍晚，他爱人的死耗传遍我乡。接着，他就发疯了！悲惨而不安定的世界就随这夜幕罩着，在他四周继续了数天，到死神来拉他归阴曹取消了他底罪案时为止！

　　他——是吾乡望族某家书记。就他自己也不知道他底生身父母是谁。自幼即在街坊飘泊。幸（不幸！）于六岁时见怜某家主人于门上，遂收留以养子看待。在当时，当然有一种钟爱，因为他学书学剑，都很有成功。后来以他赋性之高傲与不羁，逆主人耳，遂贬为书记，以此，人也只以书记看他！如是二三年，他不幸的运命，更展拓他底地域了！当然有种种纤少的事故，结成这偌大的苦痛之网；不过最大的，自然要算他和主人底少女底恋爱发觉了！其实，光明正大的恋爱，万无所谓发觉与否，不过在以礼教的兽皮蒙脸者，将何等重大的

 为奴隶的母亲

事哟!

疯人 我实在没有什么!好像做了一场大梦,晨间起来,人们都变卦了,他们的举动言词,我看来真难受!奇啊!究竟为什么?连我亲爱的朋友,都个个蹙拢他们底眉宇,深深在忧愁叹息,好似世界从此末日般!当我问"你们愁什么?"他们也就垂下头说不出半句来。我就大笑说——美丽的晨光!射到人们的心上罢!射到我爱人的头上罢!——是的,忘记了,久矣不见伊。真奇怪!伊到哪里去了?我去找伊,我要去找伊了!

爱人哟,你在那儿?
一天不见你,
世界会从我底心中消去了!

他一边歌着,一边向他主人底家里走去。对面他看见一个朋友——是主人底仆人急急忙忙地走来。他扯住了他问道:——你何用乎这么跄踉?我底爱人在家么?伊无恙么?请你轻些,赶快告诉我,我要送"阳光"给伊戴在头上,多么美丽呵!阳光戴在头上。

他惘然的手足乱舞起来,好似为他爱人得着光荣

一般。然而他的朋友，也只有以眼泪回答他，闷闷地走开了。

疯人 一些都使我不懂！碰着亲热的人，个个对我哭泣，和我不相识的人也个个对我忧愁。究竟什么事？我只好呆呆地对他们！而且，我的朋友，郑郑重重地对我说，"你的爱妹早死了！你也竟这样疯下去么？"下半句话我有些不懂，不过"爱妹死了？"这又何稀奇呢？死了？好，好！死了，死了！伊死了，我当然会到伊死后的地方去找，那真好极了！假如我找到伊在一个美丽的天国，月永远是圆的，花永远是香的，清风四季飘着，我同伊住着，多少快乐呢！还有谁来管辖我俩哟？我俩可恣情地谈笑，我俩可率性地游舞，唱痛痛快快的歌，吟淋淋漓漓的诗，还怕谁来窥听而闲说呢？活着的人们底口子，眼睛，耳朵等，真坏哟！是时常——是的，偏说不是的；红的，硬说是绿的；明明一只驴，要喜欢说是马；真坏！一想起我就恨极！多少爱底真和美哟，被他们糟蹋到假和丑了！

他不觉流出泪来，默默地盲目的走，口里还咕咕噜噜的说着，一心想找死了并且就在死的当夜已葬了的伊。但又何处去找呢？到这时疯了已完全一天，在这一

天之内，他既没有饮过一口水，又没有吃过一粒饭；清秀俊白的形容，已变成枯槁与憔悴！无限生命之悲哀，正如佛光一般，从他的周身辉射出来。

主人至此，似乎有几分醒悟，此事不该如此，断送了自己底爱女和一个青年。爱情就是生命，破坏爱情，明明证出是戕残生命，但还有何用哟！一个死的已死，一个疯的正疯，而且死神也急急在后呼他。虽忏悔，又有何用哟！

疯人 真令我性急！伊究竟到那儿去了？我在伊家墙外环绕了十数圈，眼不转睛的从花园望到楼上窗中，伊底闺阁的一室。窗门总紧紧地关着，竟没有一人来开！阳光从头顶直射下来，这样的白昼，伊莫非还在睡着么。怎的，连伊的影儿都没有！我真徬徨哟！想一脚跳进，粉墙儿又高似青天；撕破喉咙喊，声浪又透不进那坚壁。只自恨，有何法子呢？以后我轻轻的问一个孩子，他告诉我，伊到城隍庙里去了。我立刻跑到城隍庙，但找遍，没见一个人在烧香。认清了一个个菩萨，都不是，不是！我想，伊一定回避了我罢？小孩的话是不会错的。我就在那边等了，但等了一夜，也没有，没有！冷风真可恶，他偏都都的吹来，使我全身发抖，就是此刻眼睛也还在紧胀胀的痛。

　　一个陌生的朋友，衣服穿的很破，样子也颇可悯。但，咳！和我一见如故。因为现在许多人，都和我话不投机了！所以人倒切实想不通，衣服很破，倒反令人很要亲近。他卧在中堂左槛边，天已黑暗，不过月色有一边在天上。我走向他旁边坐下，而且问他："阿哥，我是找我底爱人的，你在这里待谁呵？"

　　他缓缓的答："我不待谁。"

　　我强逼问他："你不待谁为什么也在这里呢？冷风多么厉害呵！你不回你暖和的家乡，在这里做什么呢？你一定告诉我。"

　　他不得已似的说："做什么哟！有何待哟！就做的，也是空！就有的，也是死！"

　　我当时跳起叫道："死？顶好，顶好！将来我们可一块儿死，搀着手到死的天国里去！那边冬季也有蔷薇花，多么美丽哟！"

　　他似乎我不应当这样的说。他说道："何必如是！你太令人悲伤了！父母生出我们来，本来是大大错误！拿取没爱情的生命之来到世上，好似夏日烈光下无水注灌而枯干的花，安能放葩结子？不过既已如此，我们当

一己解释，一己原谅，断祈望、想念、留恋之情，垂首徘徊？两手空空的过这和我不相识的世界就是！似你这样，真真当初何必！"

"我该完全裸露我底身体么？向清风呼吸，也难被允许的事么？世界中连一草一石，都为占于强者么？"

"你不该看作小事这么大哟！什么错误，都从狭义的'有'里生出来的！自杀与疯狂，就是最烈的表现！"

我于是想着了问："谁有长剑？敬借一支，杀完世上一切而成了空。最后，杀了自己，好么？"

他摇摇头叹了一口气说："这当然是好，不过这是一个梦！"

唉！人类真真误谬哟！除爱情外，世上还有什么存在的东西呢？他们偏抢"无"以为"有"，而且抢别人底"无"以为己"有"何苦！你们快快割掉你们底心脏罢！他请我睡，我何尝要睡呢？我不过辗转我底身体，在冷冰冰的石上朦胧地过了一夜就是。

他更疯癫的异样了。

忽然，不知从何人手里假来一件袈裟，十二分得意地穿起，赤着两脚，在大街小巷里走。此外还有一串念珠，一面小旗——上书着一"爱"字，系他亲笔，口里大声唱着歌。大人们只有表示摇头的意义，许多小孩子，爱他悦耳，跟在后面学：

天上有云，

地上有草，

人间有伊，

我向伊道：

你即是云，

你即是草；

望草永青，

望云永皓。

云同天长，

草共地久，

天长地久，

颂伊不朽！

遇着妇人他就对她道：——你要什么？你饭可不吃，衣可不穿，"爱"字不可偷偷地被她漏去！因为除了"爱"，人间一切都是"空"，世上什么都是"死"，请你有便，通知我爱人一声，望伊谨守着

"爱"，不久，我将去接受她了。——聪明的妇人，对他说个"是"，他就似有无限光荣一般，跳着舞着；假如一声不响的走了，他就唱起这首歌，挥袖扬长而去了。

疯人 在西关外，松林里寻得许多好花；红，黄，白，何等美丽哟！伊见到不知如何喜欢呢！我托朋友带给伊，不过，朋友的话，很奇怪！他说"我为你撒在她底坟上罢！""她"，是否即"伊"？"坟"？什么东西呵？这名词在我脑中好新鲜而使我打一寒战！"坟上"，"她底坟上"，"撒在她底坟上"，一堆好听的词句，我一些不懂，一些不懂！我当时急着对他说："劳你拿去罢，还不要给伊爸爸看见，他要抢去踏碎的！"真好，他也就为我拿去了。

朋友们商量医救他的事，他正走来。一个朋友说："事情太悲伤了！这样下去，究竟怎样好呢？一个虽葬了，一个总望他复原。"

他这时真似一个先知，知道了此事之于他，他嚷着说："与其复原，不如早些葬了！假如给我以空的生命，不若赐我一实的死！你们能获益于我底肉体，而你们不能造福于我底灵魂，你们反是我底仇人罢？你们加我苦痛太深了！不过，伊确是化云升天，入地变草，你们有何法子呢？假如你们能请得医生，令草复为伊；请得道士，令云复为伊，那我愿割股以报你们！然你们又有何法子去请呢？省一笔事，空话不讲，祝你们晚安！我要到城隍庙里寻破衣的朋友算生命之帐去了。"

朋友们个个摇摇头，再议了一番，通过医救的案子，也纷纷走了。

破衣的朋友，微笑着迎他，而他一见着即启口狂喊："我底空的影呵！假如你在我已到之前未来时，我将何等抱怨于你哟！而我自己呢，也匆匆的摆脱了许多的缠绕，到你蓝色视线之里来。"

这时破衣者，慢慢的取出残杯冷炙，放在石地上。再取出二只酒杯，一只置于身前，一只放在他的前面。提起酒壶，斟满了白酒，怡怡然似与世无忤般答道："假如你不抱怨我——请你先不抱怨于一切！一切于我何尤哉！"

他恍恍惚惚的说道："眼见爱人的灵魂入闶时，他可不毁灭他底肉体趋与一救么？"

一边举起酒杯，一口喝尽。

"你真何苦要这样自扰呢？你须知至精无形，至大不可围，太阳永远没有太阳自身的影子，何苦你要据微

 为奴隶的母亲

弱渺少的形影而自尊呢？多少悲剧，都从这里演现出来！明白举个例，即如这残杯，也是爱情底夭折的苦汁！你知道么？你在滋润你喉咙的滋味，就是祭奠你身外之血的情人底美馔哟！你该明白而悔悟了。分得一瓢羹，在你我之间——或者会有第三人也在取啖。但我全没觉得，好像地球是眼前刹那间才辟成一样。以此故能安然在肚。否者，非特不饱，将从此饿死矣！请你原谅我——你明白也好，不明白也好，不过总望你记得'世界以前全没一回事'就是。"

疯人心里的火焰，随他底话渐渐轰烈，这时已高冲万丈了！面如纸白，全身疏松的灰一般，唇齿战战的问道："我底爱人真在天上么？"

"天是空空的！"

"我底爱人，真在地下么？"

"地是坚坚的！"

"那末，我底爱人，真在人间消灭了么？"

"若你以为不消灭时，谁也不能强伊出人间一步！"

"一切神祇哟，你们何必厚于我！"

趁着微弱的月光，他箭一般的飞出门外。破衣者立即跳起追逐，已不知他底去向了！但不能不寻求，冀救

他生命于万一。

他——破衣者，深自懊悔。本欲以一切皆空之理，提起他迷陷在情爱之渊里的苦痛。所以昨晚探得他在城隍庙里的消息，也向这里来作一夜谈话。以后，穿起袈裟，挂着念珠，似乎是他一分醒悟之趋向。但还是手执"爱"字小旗。故今夜早来，欲再进一解，使他了悉人世，忏悔余生，再享受几年生命空空之乐。不料他深信"爱"之外，一无所求；万物纭纭，惟有一"爱"！听这过激的爱情死亡的消息就猛然舍起酒馔而追求这永不回来的情物！所以这回飘然而去，除出得到死神之报告不幸的引诱之惨死的事实发现外，别无所有！

灰色的月光照在脸上，显出无限的悲哀，泪珠在脸上，也急急欲堕！他低头叹息，不得不收拾残杯，踏影去寻求这万不免于死亡的疯物。

疯人请万物站开！莫令我裹足！我必须寻求我底爱人到我生命底最后一秒。不过，东是大海，南是深林，西是高山，北是荒漠，往何处找？往何处找哟！仰首叩天，天阊难见；低头觅地，地府难通。唉！天呀！莫非终我一生，除了葬身鱼腹外，不见有一纤痕迹之存在么？生命之壳果里，除出挖取些甘美的果肉之爱情外，

 为奴隶的母亲

还有什么东西呢？一副贱壳，一副贱壳，弃在路边，豕犬要啗你肉，鹰鹫要啄你肠，谁也要呕你，谁也要呕你！你该值一文钱么？爱人呀，你不回来时，青山绿水消灭了，春风秋月停止了，"一点"也空虚了，"半霎"也断绝了。从此，"我"无了，无了，呀！爱人呀，你快回来罢！你快回来救我罢！一个临于"无"的可怜的孩子在叫呀！我求你，万一你在天上时，你插翅飞下罢！万一你在地下时，你缩地走上罢！假如，你在恍恍惚惚的天涯，或在渺渺茫茫的地角，也望你鼓力之来到我底眼前罢！爱人呀！为何没声没息，不回头垂念呀？你永睡着了罢？你长眠着了罢？你从此"已矣"了罢？那你也有三魂，那你还有七魄，你竟忍心不一顾你底垂死的孩子么？唉！月色雾露，压住我底肩很重，我再难前行了！我蹲着呀！

阴寒荒寂的旷野，疯人颓然蹲着。是时万籁俱静，只有疏星闪烁，似替他叹息。

在他底耳朵里，隐隐地起了一种歌声，清脆婉转而悲哀的歌声，是他爱人底歌声！

疯狂的哥哥哟！

疯　人

　　你来到我底怀中罢！
　　你是我生命底至尊，
　　你是我生命底至宝——
　　你的心儿如皎洁的秋月，
　　你的身儿如素丽的冬雪，
　　你如方开的花，
　　你如初飞的鸟，
　　你如始生的婴儿，
　　你快来到我底怀中罢！
　　我将饮你以甘肥，
　　我将衣你以轻暖，
　　我将令你永远甜甜的睡着哟！
　　你快来到我底怀中罢，
　　疯狂的哥哥哟！

　　他微微昂起头猛然见伊羽衣飘飘的在他前面。轻舞着，曼歌着，还似温温微笑着。他即刻跳起，举张两手，如饿虎扑山羊般捉去。可怜呵，仍是捉不到什么。伊，依然在前面招手他！

　　一个袅娜的影从容飞着。

一个枯槁的形跟跄追着。

追完了旷野,走入一片森林里——树荫落在地上面缤纷地舞,他俩如流星般踏着过去,好似一幅仙女渡凡黎的悲惨画图!

一转眼,身前是一条汪洋的大河,波涛汹汹的。他明明白白地看见,伊仍是轻歌曼舞着踏浪而去。他,至此大喊道:"爱人哟!你若坚决不回来,我将破江流而追逐了!"

从此一声飞浪,人随流水长逝矣!

疯人失踪的消息,又哄然传遍我乡。有的说他潜逃他处,有的说他削发为僧,还有的说某家秘密捕回去了。人人猜疑不决,惟也只是将猜疑放在几分的悲念中过去;那有人知道他悲惨的真事,而诚诚举以一番追悼。

惟有这破衣的朋友,虽当夜搜寻一夜不得,却洞悉颠末于胸中。故于次日,即购鱼一尾,肉一脔,馒头三只,香烛一副,冥纸锡箔数千,至旷野中,向着西方奠祭,并洒泪而歌曰:

维人世之多悲兮汝独为极!

奈爱情其真即生命兮谁又为识！

一切俱亡兮而今而后，

愿安汝于天国兮与世长息。

一九二四年八月廿五日

刽子手的故事

"当然！我未杀过头以前，呀，这是天下第一桩残酷的事，可怕呀！可怕呀！和你们现在想的一样。——实在——"

一个黑胖秃头，裸着上身的汉子，高声自得地说，一边大喝了一口酒。——这是第三斤酒了。人们围着他，挨满了这一间小酒店，有的坐，有的立，有的靠着柜台，有的皱着眉，有的露着齿，有的……竖起他们的耳朵静听着杀人的故事。

店之外，就是酷热的夏天午后。阳光用它最刻毒暴忿的眼看着人间。

那汉子又喝了一口酒，晃一晃两颗变红的眼珠。放轻喉咙续道："实在，你们不要当作大事看，杀下一个人的头，是毫没什么的！而且容易，容易，比杀一只老鸭容易。"

接着又大喝一口酒。很像这喝口酒是他讲话里的换气，和乐谱里画上"V"符号相似。

"杀一只母鸡，你们有经验的，挣扎的很；假如割不断它的血管，更不得了，吓死小孩，吓死女子，明明死了，会立起来追人，呀！杀鸭是不是常常碰到这样的？杀人呢，断没有这种祸，断没什么的，只要你刀快，在他后背颈一拍，他头立刻会伸直，一挥，没有不算数的！头一伸直，头骨更脆了，刀去，是和削嫩笋一样，仅仅费些敲碎泥罐的力，这头就会'噗！'应声跌下。所以'杀头要拍后背颈'是刽子手的秘诀！"

一边又大喝了一口酒，一边叫道："再打半斤罢。"

又晃一晃两颗变红的眼珠，扬扬自得地说道："有一回，是我杀头最出奇得意的一回，听呀，那个强盗呢，也是好汉，身体和猪一样肥，项颈几乎似吊桶。临上法场的时候，他托我：'大哥！做做好些。'我说：'磨了三天刀，怎样？'他脸色一点不变答：'好！你手腕不可松，这是第一！'临杀了，我刀方去，我又在他后颈一拍——实在他自己已伸很直了，不用我拍，我戏他说：'不酸么？要凉快，还……'他强声喝：'快来！'但说时迟，那时快，他'快'字刚叫出，我立刻一刀去，他头

立刻在三步之前,还说'来!'人们看呆了,而更呆,是我的刀上,一点血也没有,一点血也没有!以后,顽皮的孩子在我背后喊,'杀人不见血,下世变蚜蚜!'我一些觉不到什么,这岂不是和游戏一样!"

一边又连着喝了几口酒。

一班听众,个个在热里打寒,全身浮上一种怕,汗珠在他们额上更涌出来。屋里全是酒气和热气,但他们仍不走开,好似他们对他是一个铁笼里的猛兽,他愈喊,人们愈愿跑去看。

这时,立着有一个黄瘦的中年人,他们说他"内功拳"很有研究的,开口问道——因这时没一个人敢同他说话。

"你没有一刀杀不落头,要好几刀才杀落的事么?"

"有呀,碰到一回。那真苦死我焉!就是杀那个老红,老红强盗,不知怎样,臂膀不灵,刀去好似碰着钉子一般,只进了半个,吓死人,吓死人,他立刻手脚乱舞起来,尽力挣扎起来,口里吐出血来,以后知道他痛到咬碎舌头!眼珠也裂了,挂出来,全身立刻变作烤茄一般青,呀,要夺我刀了!我的弟兄,都预备着枪,但我奋起生平的力,一砍,再一砍,他大叫了一声,于是头落地了!看的人个个逃,有几个几乎死去!呀,我以后也好几夜梦老红和我作对,但总觉得没有什么。做人有什么呢?"

末句他加重地说。好似人生的意义,就是杀人的游戏。一边又喝了一口酒。

静寂了几秒钟。那个黄瘦的人又问道——他问时眼斜斜地向人们瞧了一瞧,好似很凶恶有理由一般。

"你究竟怎样杀第一个人?"

"呀!难说,难说!"

一边他又在喝酒,但酒已完了。

"再打半斤么?"店主人问。

"也好。"他说。

一边摇了两摇头,好似打划什么似的。一边用了一条发汗臭的手巾,揩一揩脸上和身上的汗。

酒打来了,他又大喝了一口。

"你们想不到,我自己也想不到,一个人会杀起人来——这其间很似有定数般的!"

他又止住,一回又立起来,用扇子搧了搧屁股,又重坐下。

"阎罗叫我杀人,我逃不了不杀人,否则,第一案子

为什么会发生呢？哈，有趣！"

他们仍是一声不响听着。虽则脸上所表出的悲乐不同，却同一的汗珠挂在额上。

"想一想你们不知道么？——宣统三年的三月里，金臣川老爷的第四个姨太太和他第一个儿子，是不是忽然同死的么？虽则有谣言，死得太奇怪，人疑是臣川老爷谋害的，他们二人生前很相好，死后也同葬一块，怎样没有可疑的痕迹呢？但谁知啊！天！现在我说罢，是我杀死的！正是正三月初三夜半更！阎罗簿上注定的，一个二十四岁的少爷，一个二十二岁的姨太太，花一对的人，做我开锋的刀下鬼了！"

他们又一齐悚起来。而他又大喝了一口酒续说道："那夜火神庙的戏，正演的热闹。我因为没有去看戏，坐在杀人老郑的家里——他去看戏了。我想走，而臣川老爷气死急死地跳进门，一手捻着一盏灯笼，一见我，立刻一手捻着我，拉我出去。他认错我是老郑了，就将这笔要杀人的生意，重重地交托我，使我推辞不得，说也奇怪，我一个从来没杀过人的人，突然听了十来句的话，说有二百元钱，'杀人的狠'就立刻会冲上心来！当时呢，他只说一仆一婢，想谋害他，他并没说是儿子和妾。我呢，就会拿了刀，立刻喝了半斤烧酒，什么也没有了，不想了，不怕了，好似现在一样，一个杀人的老手。算命先生说我那时有地煞星照到，真一点不错。当杀了以后，也到各处流离了一月，也有些捣鬼的样子。现在想起，一些没有什么！杀人是一些没有什么的事情，简直和玩一样。否则，我看杀人和你们现在一样，杀一个强盗是两元钱，前清倒还有四元——你们会干么？"

个个惊骇了！没一个人敢说一句话。一刻以后，还是那个黄瘦的人问了一句。

"你看杀人时的人，不是人么？"

"什么人不人，"一边接连地喝完了酒，付了钱，打算走了，续说道，"和猪羊差不多的。"

他去了。

他们哗然说起来了。有的说金臣川用心太黑，杀了儿妾，且教一个从未杀过人的人，去走上杀人的路，所以背生毒疮而死。有的说这种人是地煞星，良心铁换的，下世一定要变好好。而那黄瘦的人却慢慢地说："当杀人是件游戏，世界是没法变善了！"

一九二五年七月三十日

一个春天的午后

　　这是一个春天的下午，阳光的泼辣是毫无情面地激动着上帝底儿女们。人类底隐约的心被蠕动了，萌芽了，似不能忍制的匍匐青草地下底毒蝎一样。

　　紧张而凶恶的空气中，气喘着他和她二人，在一间宽阔的书房般陈设的房内。阳光还是照着满地的和使人踏着软软的地毯一样。

　　她在他底眼里，当然是一位可怜的无依的姑娘，二十岁而智识又仅仅有限的弱女子。现在，他是用人类底同情心来保护她生活下去，尊重她底不可预卜的前途，还希望由他底手间接地递给她以无量的幸福。而她的看他呢？他是一位完全有学问的可信托的"先生"，而且有了妻和子的"男子"；虽则年龄告诉她他也还正在青春的阶段上留宿，但总是一位可尊敬的几乎等于偶像一般的"人"了。

这时女用人送进一封信来,他接过一看就交给她——两人是背面坐着做事的——一边微笑地向她说:"你底,不知是谁写的。我希望在这里面封着爱你的高贵而真挚的心。"

"我也还有信么?——先生不要说笑话罢。"

她欢欣地一笑,信底封口就被剪刀裁开了。

但她读这信是完全苦痛的,纠葛好似突来的火焰,焚烧着她底心屋,她气愤,暴怒,而且哭泣了。

"怎么一回事?"他不能不停笔,由狐疑而奇怪地问她。

"先生,我们女子生来就应该被人欺侮的么?我不愿爱他,也值得别人来骂我没人格么?男子永远想做女子底父亲么?"

她随即将信一条一条地撕作纷片;他一时默然。

他跟她同移坐到床边,她底泪在她底眼角上,他将他底手帕递给她,同时说:"拭了罢,算他来了一张白纸就完了。为这一点小事要流泪,你底前途的泪要用蓄水池蓄着才好。一笑置之,介意他犯不着。"

"先生,他骂我住在你家里是堕落的行为,同时又骂我底批评熙是我堕落后的事实表现。我亦何曾批评熙,

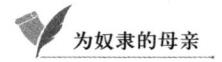 为奴隶的母亲

不过是说:我和他是不会发生爱情的,请他以后不要片面的再给我以肉麻的信。这就算没人格吗?一定要依他以前所说,这个春天搬到熙底家里去住——去补习——他说熙底家里房子大,人口多;莫非住在房子大的人们底家里,就保持得人格了么?他又不是我底父亲,不听他底话就没有人格?——先生,我气极了!"

"随他去说罢,你真还是一个孩子。"

"先生,我一定要写信去责问他,他所说的可是负责任的话!"

"随他说去罢,是毫无意思的。"他蹙着眉似心内受着疼痛地说。

"不肯,"她扭一扭身子,"这关系我底人格,也关系你底的!"一边垂下她底头。

"先拭了泪罢;朋友们偶一来看见,以为我和你斗嘴了,不好意思的。"他仍递过手帕去。

她向他横瞧一眼,受过手帕,没心思地拭了一拭眼泪。

泪还在她底眼角上,第二场的泪了;胸膛一起一伏地紧紧呼吸着,低头坐在他底前面。

——因为她和我同住,别人就骂她没人格,我是吞人

的狼么?——他深深地回味到这几句话底意义上来了。

——现在,她岂不是坐在我底前面么?而且妻已带了孩子到娘家去了。

这样他突然地呼吸急迫起来,一边更苦痛地默默地沉思起来。

他底眼望着窗外的青天,他底心想着一种人类底神秘的关系,普遍的,有力的。什么呢?他不能明显地说出来。总之,他提着笔,呆着,许久没有写下一个字。

她当然也觉察出这种滋味的盈溢了,空气似温香的温泉一般漾涤着她底周身。她抬起她刚落下的泪眼向他问:"先生,这封信也妨害了你么?"

"我是毫不介意的。"他无心的眼不瞬地答。

"那你为什么这样呢?"

"什么?"他微笑,同时眼注视着她。

"你,你,你无聊罢?"她讷讷地说不出地问了。

"我思我底谜,请你演你底代数题目罢!"他语气严厉地,好似理性嘱咐他应这样的回答。

但她底代数题目演的没有一题对的,完全错了,完全错了!

在第一行底X3方到第二行会写作3X；25Y乘上12会等于30Y。他微皱着眉说："25乘2已经是50了，现在乘12，倒反只30了么？"

"呵，先生，落掉一个圈了！"

她大笑起来。

"你底心呢？我要打你底手心。"

她底脸很红，同时他将她底手握住很紧。两人默默半分钟，同时两人听着各人底心底跳动。

"不要算了罢，我们随便谈一回好了。"

"你也不做事么？"

"我似乎也无心做事了。"

南风从窗外吹进来；春天底温存与滋味同时就带进来，美丽底火焰烧着各人底脸孔，火焰底力也激荡着各人底心内。这时他向她问："你究竟怎样呢？"

"我倒一点没有什么，"她表面冷淡地答，"也因我不想起，前途，希望，一点不想起。假如一想起，我还能坐的安定么？东海早已是我底归宿处了！现在，先生是不会吝惜我底一口饭的，我觉得非常快乐。我在先生底翼下受各种的指导，过着和平而有进步的时间，我幸福极了。"

"假如我底生活眼前没有变化，那么你可以坐在这里等待你心爱的人到来牵你走出这门外。万一我底生活变动了——因为我现在的地位有动摇的倾向,那么你也再跟我回到乡下去住不成么?"静默一息,又说,"不要悲伤,我们应讨论点事实问题,不要为感情的冲激将事实抹煞了。我,终究是你底先生,在先生这一点的力量上,我是可以绝对帮助于你的;不过你底,你也不需要你底爱么?"

她立刻睁大眼睛,气馁地叫:"先生!"

"什么?"

"你按一按我底胸罢!我全身感到沸腾了!"接着,她眼珠迸裂的忿恨地叫,"什么是爱!还有什么是爱!除了先生对于我!"

她将她底头紧靠在他底肩膀上,气几乎塞住呼不出来。他一手搂着她底头一手压在她底胸上。但这是无力来制止她底苦痛。

他从她底头发起,眼光一直从眼,鼻子,口,溜下去,经过他底手放着的胸部,到腿,到两脚。他觉得无论如何,她底美丽是令人心醉的。——但他能爱这心醉的美丽么?或者,只要他那时向她说一句"我领受你",同时轻轻地向她底腰肢一搂,她底无力的绵羊似

的一切，就会立刻供献给他了。但他是绝对没有理由可做她底爱人，也再没有权利可收受她底爱而使未来底苦痛来谴责他们了。

"那么怎样下去呢？"他暗暗地自问，"莫非我利用这个机会来欺负她一回么？呀，就应该将她底前途看得明白！"

她还是沉思地伏在他底肩膀上，将蜕化了一般，一动没有动。

"我当从此看出人类底理性来。也当从此看出我自己底理想与尊严来。莫非我尊重少女底青春，是弱者底行为不成么？还是旧传统底遗害使我不能解放的呢？哼，哼，完全不是！她现在是有被我侵夺的可能；在这可能中我却估计着她神圣的青春底价值，同自己底人格的色彩来！"

这样，他推动她底肩，慢慢地说："妹妹，我想出去走一回，你继续演习数题罢。"

于是她没精打采地走到她那把椅边去。

"先生，你到那里去呢？"

"你去吗？我们同去散步一回。"

"我不去，我似乎很无力。"

"鼓起一点勇气来，不要这样柔弱罢。你们女子都是被这种柔弱弄糟糕的！"

"你有些忿怒么？"

"不，我为什么忿怒？我不过自己觉得此刻有些无聊。"

"那么你去散步一回很好。"

"又不想去。"

"为什么？"

"独自一人去散步也是无聊的。"

"师母又走了。"她似妒忌而讥笑地说。

"你说什么话？我从来有和她同去散步过一回么？"

这样两人又深深地陷入于荒凉的国土中了。

房内底空气是更紧张的异常。一种不能宣泄的春情之毒焰，在他底身内身外延烧着。

这时，他就从写字台上无心地拿来一张剃刀片，他恨恨地将它啪的一声折作两段了。他似要从各方面找寻发泄他底忿激的路，但他底忿激却仍从各方面向他紧逼拢来。

他一边将断刀片在手掌上往还地刮，一边想起了他底妻！

"但眼前是一位处女，一位完全纯洁的处女！"

他想，他立刻心肠如绞索地，万重的罪恶加在他头上一样，随手，他用力将断刀片向手掌上深深地一割，一条约一寸长的裂痕，就神速地喷出血来了！他两眼不瞬地注视着这血。

"先生，怎么？"她惊急地问，跑近他。

他似从睡梦中醒回来一样，苦笑着脸答道："我玩出血来了。"

满手是血的手捧在她底两手内。血涌着不止，由她底手指间溜下，泠泠地滴在地上。她仓皇地不知所措，只不住地向他问："痛么？痛么？"

他苦笑地说："你也割它一下罢！究竟痛否？"一息又自语的。

"这血真美丽呀！无穷的美丽呀！有谁知道这美丽是值多少价值呢！"

她用橡皮膏与绑布捆着他底手，捆的像锣槌一样。疲倦而苦笑地睡着。地板上的血是斑斑的。

阳光依旧泼辣的，春之毒气仍向人间到处的飘流。但在这座房内，血已经洗得它们宽驰，倦息，而冰冷了。

一九二八年八月

V之环行

　　每餐晚饭后，V必定从他的寓所D西一弄出来，绕过东M路转弯，兜一个圈子回来。

　　这个圈子约一千数百步，假如走的快，不消五分钟就够了，但V却费了30分钟，才是他满足的需要的时间。从6时10分左右出来，到6时40分左右返寓——这已成了他的习惯与规则了。

　　表面的理由是饭后散步。

　　他走的慢极了。低下头，长头发披到两耳及肩，两手放在背后，长衫只长到膝盖，而裤脚倒拖到皮鞋后跟，似蔽盖他的破袜似的。他一步一步地走，好像十分无心，又像十分有力的。体态有些飘然，又有些庄重。这样，同寓的人叫他哲学家；现在又叫他为诗人了。

　　兜全个圈子，他都用这个沉思的绵密的垂头的态度，惟有这三处，他不能不变动一下样子了。

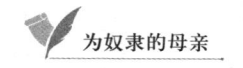

东M路的转角处，有一家小糖食店。管理这店的是一位头发斑白的老婆婆，年纪约六十岁以外。她是非常地和气，对什么顾客都是语轻轻地微笑着。V有饭后吃几块糖的习惯，因此，当他绕到这里的时候，他就向这小店买了八枚铜子的四块糖。V是不喜欢说话的，他买糖的时候也只用指在糖瓶内一指。而这位聪明的老婆婆，却见他买过三次以后，就认识主顾了。见V走来，她就笑迎着，用她落了齿的下巴向上钩，一边揭开糖瓶的玻璃盖，任这位冷静的顾客拿取。这个买卖是非常公平的，顺利的，有意思的，而且准时刻板的。

不过在V的散步中，算个第一回的扰乱他的脚步罢了。

再北过去有一家烟纸店。这已是冷静偏僻的街道了，而这烟纸店里的一位中年商人，却时刻忙碌着，好象生意是非常的兴隆似的。V的准时的踏过门口，必定抬起头来向店内的红色电灯光下看一看这位脸色天天在转换的商人。——看他有时坐在帐桌前把着算盘子算帐，统计他一天的收入，样子是像煞有介事，非常严重而剥削地。他在算盘上加上一个子，就好像在他全部的人生上加上一分幸福的保障似的。而有时则愁容满脸，呶呶不休，大概对他的一位白脸的小学生泼了火油或卖进铅角的反应。手指着这样，又指着那样，好像命令这位小学生要在三分钟以内，什么都要收拾的成就了一样。而有时则见他怡然地泰然地坐在柜台前面的一把高椅上，一手放在靠背后，一手执着纸烟，纸烟的烟在他的耳根缭绕着。脸色也润滑微红，眉眼间真显出生命已经满足而得所了的颜色。V这时，必定抬冷眼看一看他，心想："他是一位王呀；他自以为是一位店国之王呀！生命在他再也没有问题了。"

但烟纸店的门口经过是很快的，他也随手仍垂下头去了。

于是他行到西一弄对过后面的X里了。这是他最愿意走过的一块地，好像环行全世界的旅行家定要经过罗马似的。他无意间被牵动了，引诱了，使他饭后的散步成为不断的，准确的，心愿的，实际说一句，或者就是这个力驾驭着他罢了。当他走到这X里的时候，一定有三位美丽的小姑娘，和一位清秀的小弟弟在里口游戏着，歌唱或嬉笑的——四对小手对拍着，四个小脸对看着呢！三位小姑娘，一位约十六岁，她的胸前已经怀着两朵可爱的绣球花。一位约十三岁，她常穿着红色的半身的长衫，露着她的两腿和小脚。一位约十岁，是一位很肥白的小囡，脸，身小，两臂，都似天鹅绒裹在里面似的。小弟弟约十四岁，学生装，革履，十分英俊活泼，这样，V很像鸦片上瘾一般对她们起了兴奋了。他停止了两足，看她们在门前活动，她们好似花园中小朵的玫瑰，她们也似动物园内的伶俐的金丝雀。她们的唱歌的声音，震动着V的心弦起一种温柔愉美的跳跃；她们的游戏的姿态，竟在V的眼内作起春天的烁动了。当初，V和她们还不过是过客的偶视，以后，也由注意到了互相微笑了。于是V之散步到此，不能不作一个目的的表示，他的头微斜了一斜，慧光之眼轻轻做笑了一笑。

这样的环行，从开始，一天，二天，……竟一月，二月，经过三个月了。除有一次大风雨，将这个黄昏完全吞落去以外，V从没有间断过一天。

但是奇迹与哲理开始发现了。

三四辆救火车停止在那家烟纸店的门首，喷水管猛力地向店内注射。这家烟纸店的一切货物，就被火神劫取光了，仅留一间店面。

"这位店国之王呀，又不知怎样地改变他命运的意向了！"

V想。事实是实在的,从此,这位商人就没有昂然地自得的态度,他不过皱着眉,在灯下柜前呆立罢了!

继之,那位糖食店的老婆婆不见了。糖几次由别人的手递给他,V很不乐意地接受过来。以后无法的问。

你们这位老婆婆那里去了?"

"唉,先生,她死了!"

"死了?"V大骇。

"是,她算是过去了!"

店内的人答。V就沉思起来。从此也就不再吃他的糖。

这样,V沉思的低头的散步,更低头而沉思了。"命运","生死",这是偶然的么?在V的心内萦环着,来代替微笑的买糖与抬头冷眼之一看了。

但环行还是环行的,不过提早十分钟回寓罢了。

最近的不久,一天不见了X里口的三位小姑娘了,第二天也不见,第三天,第四天,一星期到了,小弟弟小姑娘们,她们是天使一般,杳无影踪的飞呀,飞呀,不知飞到何处去了!V走过她们的里口,只回想四个活泼可爱的影子,在他脑内,也在门前空空地闪动罢了。

如此,V的环行之愿完全消失了。变做沙漠上的旅

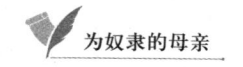

行,冰冷的,孤寂的。

勉强支持着盼望过半月以后,一天,他回寓向他的同伴们说:"我要搬家了。"

"为什么?哲学家。"一位奇怪的问。

"住不下去,我要搬家了。"

V的语气是凄凉的。于是又一位追问:"那为什么呀?诗人。"

"总之,"V答,"变故不绝地来,环境改更了,我的思路也断了!"

"什么意思呀?"

"命运,死生,迅速的变迁——过分扰乱了我的心曲。"

"又是什么一回事?你是一位哲学家,这些念头是会随着你搬到那里去的。"

"不,我无心在这里住下去了。被困在这个不是书本上范围内的问题中,我苦痛极了。"

朋友们默然。

V的环行,就到此终结。

一九二八年八月三十日

人鬼和他底妻的故事

一

谁都有"过去"的,他却没有"过去"。他不知道自己活了多少年了,他的父亲在什么时候离开他而永不再见的,并且,他昨天做些什么事,也仅在昨天做的时候知道,今天已经不知道了。"将来"呢,也一样,他也没有"将来"。虽则时间会自然而然地绕到他身边来的,可是"明日"这一个观念,在他竟似乎非常辽远,简直和我们想到"来世"一样,一样的缥缈,一样的空虚,一样的靠不住。但他却仿佛有一个"现在",这个"现在"是恍恍惚惚的,若有若无的,在他眼前整齐的板滞的布置着,同时又紧急地在他背后催促着,他终究也因为肚子要饿了,又要酒喝,又要烟抽,不能不认真一些将这个"现在"捉住。但他所捉住的却还是"现

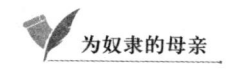

在"的一个假面,真正的"现在"的脸孔,他还是永远捉不住的。

他有时仰头望望天,天老是灰色的非常大的一块,重沉沉地压在他底头顶之上,地,这是从来不会移动过的冷硬的僵物,高高低低地排列在他底脚下。白昼是白色的,到夜便变成黑色了;他也不问谁使这日与夜一白一黑的。他也好象从没有见过一次红艳的太阳,清秀的月亮,或繁多的星光,——不是没有见,是他没有留心去看过,所以一切便冷淡淡的无关地在他眼前跑过去了。下雨在他是一回恨事,一下雨,雨打湿他底衣服,他就开口骂了。但下过三天以后,他会忘记了晴天是怎样一回事,好像雨是天天要下的,在他一生,也并不稀奇。

此外对于人,他也有一个小小的疑团,——就是所谓"人"者,他只看见他们底死,一个一个放下棺,又一个一个抬去葬了,这都是他天天亲手做着的工作,但他并没有看见人稀少下去。有时走到市场或戏场,反有无数的人,而且都是从来没有见过面的,在他底身边挨来挨去,有时竟挨得他满身是汗。于是他就想,"为什么?我好像葬过多少人在坟山上了,现在竟一齐会爬起来么?"一时他又清楚地转念,"死的是另一批,这一批要待明年才死呢！"这所谓明年，在他还是没有意义的。

二

他是N镇里的泥水匠，但他是从不会筑墙和盖瓦，就是掘黄泥与挑石子，他也做的笨极了。他只有一件事做的最出色——就是将死人放入棺中，放的极灵巧，极妥贴，不白费一分钟的功夫。有时，尸是患毒病死的，或死的又不凑巧，偏在炎热的夏天，所以不到三天，人就不敢近它了。而他却毫不怕臭，反似亲爱的朋友一般，将它底僵硬的手放在他自己底肩上，头——永远睡去的人底——斜侵在他底臂膀上，他一手给它枕着，一手轻轻地托住他底腰或臀部，恰似小女孩抱洋囡囡一样，于是慢慢地仔细地，惟恐触着他底身体就要醒回来似的，放入棺里，使这安眠的人，非常舒适地安眠着。这样，他底生活却很优渥地维持着了，大概有十数年。

他有一副古铜色的脸；眼是八字式，眼睑非常浮肿，所以目光倒是时常瞧住地面，不轻易抬起头来向人家看一看；除了三四位同伴以外，也并不和人打招呼；人见他也怕。有时他经过街巷，低下头，吸着烟，神气倒非常像一位哲学家，沉思着生死问题。讲话很简单，

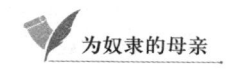

发了三四字音以后，假如你不懂，他就不对你说了。

他底人所共知的名字是"人鬼"，从小同伴们骂他"三分像人，七分像鬼"，于是缀成一个了。他还有母亲，是一位讨厌的多嘴的欺骗人的老妇人，她有时向他底同伴们说，"不要叫错，他不是人鬼，是仁贵，仁义礼智的仁，荣华富贵的贵。"可是谁听她呢？"仁贵人鬼，横直不是一样，况且名字也要同人底身样相恰合的。"有时不过冷笑的这样答她两句罢了。

三

但人鬼却来了一个运命上的宣传，在这空气从不起波浪的N镇内，好像红色的反光照到他底脸上来了。说他有一天日中，同伴们回去以后，命他独自守望着某园地的墙基，而他却在园地底一角，掘到了整批的银子。还说他当时将银子裹在破衣服内，衣服是从身上脱下来的，上身赤膊，经过园地主人底门，向主人似说他肚子痛而听不清楚的话，他就不守望，急忙回家去了。

这半月来，人鬼底行径动作，是很有几分可以启人疑惑的！第一，他身上向来穿着的那套发光的蓝布衫裤脱掉了，换上了新的青夹袄裤。第二，以前他不过每次吸一钟鸦片,现在却一连会吸到三钟,而且俨然卧在鸦片店向大众吸。第三,他本来到酒摊喝酒,将钱放在桌上,话一句不说,任凭店主给他,他几口吞了就走;而现在却像煞有介事的坐起来,发命令了,"酒,最好的,一斤,两斤,三斤!"总之,不能不因他底变异,令人加上几分相信的色彩了。

有时傍晚,他走过小巷,妇人们迎面问他:"人鬼,你到底掘到多少银子?"

而人鬼却只是"某某"的答。意思似乎是有,又似乎没有,皱一皱他底黑脸。妇人或者再追问一句:"告诉我不要紧,究竟有多少?"

而他还是"某某"的走过去了。

妇人们也疑心他没有钱。"为什么一句不肯吐露呢?呆子不会这样聪明罢?"一位妇人这样说的时候,另一位妇人却那样说道:"当然是他那位毒老太婆吩咐他不要说的。"于是疑窦便无从再启,纷传人鬼掘到银子,后来又在银子上加上"整批的"形容词,再由银子转到金子,互相说:"还有金子杂在银子底里面呢!"

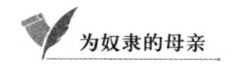

四

人鬼底母亲却利用这个甜上别人底心头的谣言了。她请了这N镇有名的一位媒婆来,向她说:"仁贵已经有了三十多岁了,他还没有妻呢。人家说他是呆子,其实他底聪明是藏在肚子里的。这从他底赚钱可以知道,他每月真有不少的收入呵!现在再不能缓了。我想你也有好的人么?姑娘大概是没有人肯配我们的,最好是年轻的寡妇。"

"但人鬼要变作一镇的财主了,谁不愿嫁给他呀!"媒婆如此回答。

事情也实在顺利,不到一月,这个姻缘就成功了。——一位二十二岁的寡妇,静默的中等女人,来做人鬼底妻了。

她也有几分乐意,以为从此可以不必再愁衣食;过去的垃圾堆里的死老鼠一般被弃着的运命,总可告一段落了。少小的时候呢,她底运命也不能说怎么坏,父亲是县署里的书记,会兼做诉状的,倒可以每月收入几十元钱。母亲是绵羊一般柔顺的人,爱她更似爱她自己的舌头一样。她母亲总将兴化桂圆的汤给她父亲喝,而将肉给她吃的。可是十二岁的一年，父亲疟病死了，母亲接着也胃病死了！一文遗产也没有，她不得不给一份农家做养媳去。养媳，这真是包藏着难以言语形容的人生最苦痛的名词，她就在这名词中度过了七年的地狱生活。一到十九岁，她结婚，丈夫比她小四岁，完全是一个孩子气的小农夫。但到了二十一岁，还算爱她的小丈夫，又不幸夭折了。于是她日夜被她底婆婆手打，脚踢，口骂，说他是被她弄死的。她饿着肚子拭她底眼泪，又挨过了一年。到这时总算又落在人鬼底身上了。——运命对她是全和黄沙在风中一样，任意吹卷的。

当第二次结婚的一夜，她也疑心："既有了钱，为什么对亲戚邻里一桌酒也不办呢？"只有两枚铜子的一对小烛，点在灶司爷的前面，实在比她第一次的结婚还不如了！虽则女人底第二次结婚，已不是结婚，好像破皮鞋修补似的，算不得什么。而她这时总感到清冷冷，那里有像转换她底生机的样子呢？后来，人鬼底母亲递给她一件青花布衫的时候，她心里倒也就微笑地将它穿上了。接着，她恭听这位新的婆婆切实地教训了一顿——

"现在你是我底媳妇了，你却要好好地做人。仁贵呢，实在是一个老实的又听话的，人家说他呆子是欺侮他的话，他底肚子里是有计划的。而且我费了足百的钱讨了你，全是为生孩子传后，仁贵那有不知道的事呢？你要顺从他，你将来自然有福！"

她将话仔细思量了。

第三夜，她舂好了米，走到房里——房内全是破的：破壁，破桌，破地板——人鬼已经睡在一张破床上面了。她立在桌边，脸背着黝黯的灯光，沉思了一息："运命"，"金钱"，"丈夫"。她想过这三件事，这三件事底金色与黑脸，和女人的紧结的关系。她不知道，显示在她底前途的，究竟是那一种。她也不能决定，即眼前所施展着的，已是怎样！她感到非常的酸心，在酸心里生了一种推究的理论——假如真有金钱，那丈夫随他怎样呆总还是丈夫，假如没有金钱，那非看看他呆的程度怎样不可了。于是她向这位"死尸底朋友"，三天还没有对她讲过一句话的丈夫走近，走近他底床边，怯怯地。但她一见他底脸，心就吓的碎了！这是人么？这是她底丈夫么？开着他底眼，露着他底牙齿，狰狞的，凶狠的，鼾声又如猪一样，简直是恶鬼睡在床上。她满身发抖了，这样地过了一息，一边流过了眼泪，终于因为运命之类的三个谜非要她猜破不可，便不得不鼓起一点勇气，用她女性的手去推一推恶鬼底脸孔。可是恶鬼立刻醒了，一看，她是勉强微笑的，他却大声高叫起来，直伸着身子。

"妈！妈！妈！这个！这个！弄我……"

她简直惊退不及，伏在床上哭了。隔壁这位毒老太婆却从壁缝中送过声音来，恶狠而冷嘲的："媳妇呀，你也慢慢的。他从来没近过女人，你不可太糟蹋他。我也知道你已经守了一年的寡，不过你也该有方法！"

毒老太婆还在噜苏，因为她自己哭的太厉害，倒没有听清楚。但她却又非使她听见不可一样，狠声说："哭什么，夜里的哭声是造孽的！你自己不好，哭那一个？"

五

一个月过去了。

人鬼总是每夜九点十点钟回来，带着一身的酒糟气，横冲直撞地踏进门，一句话也没有，老树被风吹倒一般跌在那张破床上，四肢伸的挺直，立刻死一般睡去了。睡后就有一种吓死人的呓语，归纳起意思来，总是"死尸""臭""鬼""少给了钱"这一类话。她只好蜷伏在床沿边，不敢触动他底身体，惟恐他又叫喊起

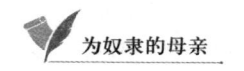

来。她清清楚楚地在想——想到七八岁时，身穿花布衫，横卧在她母亲怀里的滋味。忽而又想，银子一定是没有的，就有也已经用完了，再不会落到她底手中了。她想她运命的苦汁，她还是不吃这苦汁好！于是眼泪又涌出来了。但她是不能哭的，一哭，便又会触发老妇人的恶骂。她用破布来揩了她自己底酸泪，有时竟辗转到半夜，决计截断她底思想，好似这样的思想比身受还要苦痛，她倒愿意明天去身受，不愿夜半的回忆了。于是才模模糊糊地疲倦的睡去。

睡了几时，人鬼却或者也会醒来的，用脚向她底胸、腹、腿上乱踢。这是什么一回事呢？人鬼自己不知道，她也怕使人鬼知道，她假寐着一动也不动。于是人鬼含含糊糊地说了几句话，又睡去了。

天一亮，她仍旧很早的起来，开始她破抹桌布一般的生活。她有时做着特别苦楚的事情，这都是她底婆婆挖空脑子想出来的。可是她必须奉她底婆婆和一位老太太一样，否则，骂又开始了。她对她自己，真是一个奴隶，一只怕人的小老鼠。

六

不到一年，这位刻毒的婆婆竟死掉了。可是人鬼毫没两样，仍过他白昼是白色，到夜便成黑色了的生活。在白色里他喝着一斤二斤的黄酒，吸着一钟二钟的鸦片；到黑色里，仍如死尸一般睡去。妻——他有时想，有什么意思呵，不过代替着做妈罢了。因为以前母亲给他做的事，现在是全由妻给他做了：补衣服，烧饭，倒脚水。而且以前母亲常嚷他要钱，现在妻也常嚷他要钱。这有什么两样呢！

但真正的苦痛，还来层层剥削她身上底肌肉！婆婆一死，虽然同时也死掉了难受的毒骂和凶狠的脸容，然而她仍不过一天一回，用粗黑的米放下锅子里烧粥。她自己是连皮连根的嚼番薯；时节已到十月，北风刮的很厉害了，她还只有一件粗单衣在身上。她战抖地坐在坟洞似的窗下，望着窗外暗惨的天色，想着她苦汁的运命，有时竟使她起一种古怪的念头："如果妈妈还没有死，我现在总不至于这样苦罢。"但又转念："妈妈死了，我也可以死的！"死实在是一件好东西，可以做运命的流落到底的抗拒——这是人生怎样不幸的现象呵！

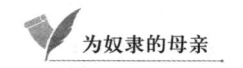

她的左邻是一家三口，男的是养着一妻一子，三十多岁的名叫天赐，也是泥水匠，然而是泥水匠队里的出色的人。他底本领可是大了，能在墙上写很大的招牌字，还会画出各样的花草、人物、故事来，叫人看得非常欢喜。他有时走过人鬼底门口，知道她坐在里面流泪，就想："这样下去，她不是饿死，就要冻死的。"于是进去问问她，同时给她一些钱。后来终于是想出了一个方法来，根本的救济她衣食。他和她约定，由他每天给她两角钱，这钱却不是他自己出底，是由他从人鬼底收入上抽来的。就是每当丧家将钱付给人鬼的时候，他先去向主人拿了两角来，算作养家费。人鬼是谁也知道他一向不会养家的，所以都愿意。当初，人鬼也向主人嚷，主人一说明，就向天赐嚷，被天赐骂了几顿之后，也就没有方法了。

这个方法确是对。她非常黄瘦的脸孔，过了一月，便渐渐丰满起来，圆秀的眼也闪动着人生的精采，从无笑影的口边也有时上了几条笑痕了。她井井有条地做过家里的事以后，又由天赐的介绍，到别人家里去做帮工——当然她的能力是很有限。生活渐渐得到稳定，她底模样也好看起来，但在这绕着她底周围全是恶眼相向的社会里,却起了一个谣言,说:"人鬼的妻已经变做天赐的妻了。"天赐也因为自己底妻的醋意,不能常走进她底门口,生活虽然还代她维持着,可是交给她钱的时候,已换了一种意义,以前的自然的快乐的态度,变做勉强的难以为情的样子了。

七

一天傍晚,天赐底妻竟和天赐闹起来:"别人底妻要饿死,同你有什么关系?你也知道你底妻将来也要饿死,你如此去对别人趋奉殷勤么!"天赐也不愿向她理论,就走出门,到酒店去喝了两斤酒——他从来没有喝过这样多的酒,可是今晚却很快地喝了,连酒店主人都奇怪。他陶然地醉着走出,一边又不自觉的向人鬼底家里去。人鬼不在家;他底妻刚吃了饭在洗碗。她放下碗,拿凳子来请他坐时,天赐却仔细地看了她,接着凄凉地说道:"我为了你底苦,倒自己受了一身的苦了!你也知道外边的谣言和我底女人的吵闹么?"

她立刻低下头,变了脸色,一时说不出话来,眼里也充满了眼泪。天赐却乘着酒力,上前一步,捏住她底手——她也并不收缩——说道:"一个人底苦,本来只

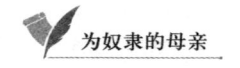

有一个人自己知道，我们底苦，却我和你两人共同知道的！好罢，随他们怎样，我还是用先前的心对付你，你不要怕。好的事情我们两人做去，恶的事情我们两人担当就是了。你不要哭！你不要哭！"

他说完这几句话，便又走出去了，向街巷，向田畈，走了大半夜。

她也呆着悲伤的想："莫非这许多人们，除一个天赐之外，竟没有一个对我好意的么？"

八

这样又过去了半年，人鬼底妻的肚子终于膨大起来了。社会上的讥笑声便也严重地一同到她底身上。

人鬼，谁也决定他是一个呆子，不知道一切的。可是又有例外，这又使一班讥笑的人们觉得未免有些奇怪了。

人们宣传着有一天午后，人鬼在南山的树下，捉住一只母羊，将母羊的后两腿分开，弄得母羊大叫。于是同伴们跑去看见了，笑了，也骂了。人鬼没精打采地坐在草地上，慢慢底系他的裤。一位小丑似的同伴问他道："人鬼，你也知道这事么？那你妻底肚皮，正是你自己弄大的？"

可是人鬼不知道回答。那位小丑又说道："你究竟知道不知道做父亲呀？抛了白胖的妻来干羊做什么呢？"

人鬼还是没有回答。那小丑又说："你也该有一分人性，照顾你年青的妻子，不使她被别人拿去才好呀！"

人鬼仍然无话的走了。他们大笑一场，好像非常之舒适。

后几天，一个傍晚，邻家不见了一只母鸡，孩子看见，说是被人鬼捉去了。于是邻妇恶狠狠地跑到人鬼底家里，问人鬼为什么去偷鸡。这时人鬼卧在棉被里，用冒火的眼看看邻妇，没有说话。他底妻接着和婉地说道："他回家不到一刻，你底鸡失了也不到一刻。他一到家就睡在床上，怎么会拿了你底鸡呢？"

邻妇忿忿地走上前，高声向他问："人鬼，你究竟有没有偷了我底鸡？孩子是亲眼看见你捉的。"

而人鬼竟慢慢地从被窝里拿出一只大母鸡来，一面说："某，某，它底屁股热狠呢。"

邻妇一看，呆的半句话也没有。他底妻是满脸绯红了。

"天呀！你要把它弄死了！"邻妇半晌才说了一句，

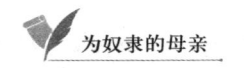

又向她一看。拿着鸡飞跑回去了。

但这种奇怪的事实,始终不能减去社会对她的非议的加重。结果,人鬼底妻养出孩子来了,而且孩子在周围的冷笑声中渐渐地长大起来了。

孩子是可爱的,人鬼底同伴底议论也是有理由的。他们说小孩底清秀的眉目,方正的小鼻和口子,圆而高的额,百合似的身与臂腿,种种,都不像人鬼底种子。孩子本身也实在生得奇异,他从不愿人鬼去抱他,虽则人鬼也从不愿去抱他。以后,他一见人鬼就要哭,有时见他母亲向人鬼说话也要哭,好像是一个可怕的仇人。有时人鬼在他底床上睡,他也哭个不休,必得母亲摇他一回,拍他一回,他才得渐渐地睡去。竟似冥冥中有一个魔鬼,搬弄得人鬼用粗大的手去打他,骂他:"某,某,你这野种!"他底妻说:"你有一副好嘴脸,使孩子见你如同夜叉一样!"闹了一顿才罢。但这不幸的孩子,在上帝清楚的眼中,竟和其余的孩子们一样地长大起来。现在已经有了五岁。

九

造物的布置一切真是奇怪。理想永远没一次成功的，似必使你完全失败，才合它底意志。人鬼底妻有了这样的一个孩子，岂不是同有了一个理想一样么？她困苦寂寞的眼前，由孩子得以安慰；她渺茫而枯干的前途，也由孩子得以窥见快乐的微光。希望从他底身上将她一切破碎的苦味的忍受来掩过去，慢慢地再从他底身上认取得一些人生真正的意义来了。每当孩子睡在她底身边，她就看看孩子，幻想起来。她想他再过五年，比现在可以长了一半，给他到平民学校去念两年书，再送到铺子里去学生意。阿宝——孩子底名——一定是听话的孩子，于是就慢慢的可以赚起钱来了。或者机会好，钱可以赚的很多，因为阿宝将来也一定是能干的人，同天赐一样的。于是再给阿宝娶了妻，妻又生子。她一直线的想去，将这线从眼前延长到无限的天边，她竟想不出以后到底是怎样了。于是她底脸上不自觉地浮上笑纹，她底舌头上也甜出甘汁来了。

一天傍晚，人鬼踏进门，就粗声叫："某，某，打酒！"

一边拿了脚桶洗脚。这时孩子在灶后玩弄柴枝，见人鬼这样，呆着看他。他底母亲在灶前烧饭，也没有回答他。人鬼就暴声向孩子骂起来："某，贼眼！"

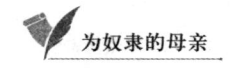

她知道事情有些不好,就向孩子说:"阿宝,你拿了爸爸底鞋来,再到外边去玩。"

孩子似乎很委屈地走出门外。

一刻钟后,人鬼自己去打了两斤酒来,放在灶边一张小桌子上就喝。她也一面叫,一边将饭盛在碗里了。

"阿宝,好吃饭了。"

但这小孩坐在桌边一条板凳上,不知什么缘故,却不吃饭——往常他是吃的很快的,而现在却只两眼望着人鬼底脸,看他恶狠狠的一口口地喝酒。他母亲几次在他身边催:"阿宝,快些吃饭!"又逗他,"阿宝,比比谁吃得快,阿宝快还是妈妈快。"但无论怎样,总不能引起阿宝底吃饭心来。他似乎要从人鬼底脸上看出东西来,他必得将这个东西看的十分明了才罢。但人鬼底脸上有的什么呢?罩上魔鬼的假面具罢?唉!可怜的孩子,又那能知道这些呢!只好似恶星照着他底头上,使他底乌黑的两颗小眼珠钉住人鬼底脸纹看。忽然,他"阿哟!"一声,就将小手里捧着的饭碗,落在地上去了,碗碎了,饭撒满一地。他母亲立刻睁大眼睛问:"阿宝!你怎样了?"

可是阿宝却只"妈妈!妈妈!"向他母亲苦苦的叫

了两声。她刚刚弯下腰去拾饭,人鬼已经不及提防地伸出粗手来,对准小孩底脸孔就是一掌,小孩随着从板凳跌下,滚在地上,大哭起来了。

他母亲简直全身发抖起来的说不出话去抱起小孩,一时拍着小孩底背,又擦着小孩底头上,急迫地震着牙齿说:"阿宝,阿宝,那里痛呵?"

而阿宝还是"妈妈!妈妈!"苦声的叫。她饭也不吃了,立刻离开桌,到她底房内去。将阿宝紧紧地搂在胸前,摇着他,一手在他背上轻轻地拍。小孩还呜咽着,闭了两眼,呼吸也微弱了,不时还惊跳的叫"妈妈!痛呵!"

人鬼仍旧独自在那里喝酒,吃饭,一碗吃了又一碗,半点钟后,她见人鬼已经死猪一般睡在床上了。她忍不住了,向他问:"你为什么这样狠心打小孩?你究竟为什么?阿宝犯你什么呢?你从那里得了一股恶气却来向小孩底头上出?你究竟为什么呀?"

人鬼突然凶狠地咿唔的说:"某,谁都说是野种!某,我要杀了他!"

她真是万箭穿心!似乎再没有什么可怕可伤心的话,在这"野种"二字以上了。她立刻向人鬼骂,虽然

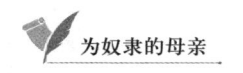

她是一个非常懦弱的女人："你可以早些去死了！恶鬼呀！不必再和我们做冤家！"

但人鬼又是若无其事一般的睡去了。

十

小孩在被打这一夜就发热，第二天就病重了。以后竟一天厉害一天，虽然他母亲极力的调护。终于只好向天赐借了两元钱，请了一位郎中来，虽然在药方上写了些防风、荆芥之类，然而毫无效验，她请了两回以后，也就无力再请了。后来又因为孩子常在发热中惊呼，并且向她说"一个头上有角的人要拉我去，妈妈，你用刀将它赶了罢"的话，她又去测了一个字。测字先生说是小孩的魂被一位夜游神管着，必得请道士念一番才好。她又由天赐底接济去请道士来。但道士念过咒后，于小孩还是徒然。于是她除了自己也天天不吃饭不睡觉的守着，有时默祷着菩萨显灵保佑以外，再没有什么方法了。

这样两个月，看来小孩是不再长久了。她也瘦的和小孩一样。

一天下午，天气阴暗的可怕。小孩在床上突然喊着跳了起来，她慌忙去安慰他，拍他，但样子完全两样了。这小孩已经不知道他母亲说什么话，甚至也不认识他底母亲了。他只是全身发抽，两眼紧闭着，口里呜呜作咽，好像有一种非常的苦痛在通过他底全身。

她知道这变象是生命就将终结的符号。她眼泪如暴雨般滚下，一时跑到门外，门外是冷清清地没有一个人，又跑回房内推他叫着儿子，可是儿子是不会答应了。她不知道怎样好，如热锅上的蚂蚁一般，想跑去叫天赐，问他有无方法可使孩子再活几时。可是天赐和人鬼一同做工去了，她又不知道他们是在什么地方。她只是在孩子耳边叫，小孩一时也微微地开一开眼，向他母亲掷一线恩惠的光，两唇轻轻地一动，似乎叫着"妈妈"，但声音是永远没有了。

她放声大哭，两手捶着床，从此，她底理想，希望，是完全地被她底儿子携去了。

邻近有几个女人闻声跑过来，一个更差了一位少年去叫人鬼。这时天将暗了，也该是人鬼回家的时候。

一息，人鬼果然回来了，在他后面，懊伤地跟着天赐。人鬼走到小孩底尸边，伸出他前次打他的手向脸上一摸，笨蠢的发声道："某，死了！"

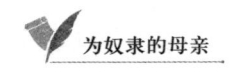

接着是若无其事一般，拿脚桶洗脚。——他对于死实在看得惯了，他不知每年要见过多少的死尸，象这样渺小的一个，又值得什么呢。

天赐也走到小孩的尸边，在他额上吻一吻，额上已冰一般冷了。他想，没有方法。又看一看正在窗边痛哭的她，同时流了几滴泪，叹了一声，仍然懊伤地出去了。

人鬼洗好脚，走到灶边一看，喊："某，吃饭！"

她简直哭的死去，一听这话，却苏醒的大骂了："鬼！孩子是你打死的！你知道不？就是禽兽也有几分慈心，你是没有半分慈心的恶鬼！你为什么不早去死了让我们活，一定要我们都死了让你活呢？恶鬼！……"

人鬼终究还是毫无事似的。知道饭是没有吃了，就摸一摸身边，还有几个角子，他一边叫："某，回来去抛。"

一边又走出门外去了。

房内只剩着伤痛的母亲和休息的小孩。一种可怕的沉寂荡着屋内，死底气味也绕得她很紧很紧。天已暗了，远处有枭声。她也无力再哭了，坐在尸边回想——从小父母是溺爱的，一旦父母死了，自己底人生就变了一种没有颜色的天地。人鬼是她底冤家，但赖天赐底救济与帮忙，本可稍慰她没有光彩的前途，而现在，小孩被打，竟死了！——她想，所谓人间，全是包围她的仇敌之垒，好似人类没有一个是肯援救她的救兵，除了天赐。但天赐也竟因她而受重伤了！她决定，她在这人类互相残杀的战场中，是自己欺骗了自己二十八年！现在一切前途的隐光完全吹灭了，她可以和孩子同去，仍做他亲爱的母亲去养护他，领导他。除出自杀，没有别的梦再可以使她昏沉地做下去了。

这样，她一手放在孩子底尸上，几乎晕倒地立了起来。

十一

天很暗了，人鬼酒气醺醺地回家来。推进门，屋里是漆黑的，而且一丝声音也没有。他"某，某"的叫了两声，没有人答应。于是自己向桌上摸着一盏灯，又摸了一盒洋火，一擦，光就有了。但随即在他身前一晃，他只好放直喉咙喊了："某！某！某！吊死！吊死！吊死！"

邻里又闻声跑过来，天赐是第一个。他一眼望见她挂在床前，便不顾什么，立刻将她解下。但很奇特，小孩的死尸竟裹在她底怀中。她底气已经没有了。她还梳

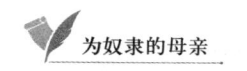

过头，穿着再嫁时人鬼底娘给她的那件青花布衫。用麻绳吊死的，颈上有半寸深的青痕，口边有血。

邻里差不多男男女女有十多人，挤满了门口和门外。屋内也有四五位年纪大些的在旋转，都说，似乎叹息而悲哀地："没有办法了！死了！"

人问人鬼，有没有出丧的钱呢，人鬼说方才还有两角，现在是喝酒吃饭用完了。他们倒反而笑起来。于是商量捐助；而人鬼似乎以为不必，到明天背她们母子向石坑一抛，就可以完事，不费一个钱的。邻居都反对，说是石坑只可抛下婴孩，似她母子是使不得，必须做一圹坟，安慰她困苦了一世。人鬼是没有话说，天赐却忍不住了，开口说："同呆子有什么商量呢！当然要做一圹坟，你们不必费心，一切丧费我出。就在明天罢！"

十二

第二天，一具松板的油漆的棺材，里面睡着一位母亲和孩子，孩子卧在母亲底身边，上面盖着一条青被，似非常甜蜜地睡去了。棺材被另两个年轻泥水匠抬着——一个就是前次在南山嘲弄人鬼的小丑，此刻是十分沉默了。——人鬼和天赐都低头跟在棺后面，天赐手里捻着冥纸与纸炮，人鬼背着锄。在棺前，还有一人敲着铜锣，肩着接引幡，锣约一分钟敲一下，幡飘在空中。七人一队，两个死的，五个活的，很快地向着乱草蓬勃的山上移动了。

路旁有人冷笑说："她倒有福，两个丈夫送葬。"但是悲哀她的人似乎也很多。

晚上，人鬼从葬地回来，走进门，觉得房子有些两样了，似被大水冲过一样。他有些不自在；他是从来没有不自在过的，所以不多久，终于觉着，"死了"，"葬了"，"完了"！仍和往常一样，拿脚桶洗脚。

以后，他还是喝酒，抽烟，放死人在棺内，过他白昼是白色，到夜便成黑色了的生活。不过连"某"字也很少了。走进酒店，仍将钱放在桌上，店主人打酒给他，他仰着头喝了就走。饿了，走进饭店去，也一声不响的将钱放在桌上，饭店主人也以最劣等的饭和菜盛给他，他也似有味无味的吃完了。以后，他除出给人家将死尸放下棺，帮人家抬去葬，于是自己喝酒抽烟以外，和人们的接触也很少了。有时，他也到他妻子的墓边坐一回，仿佛悲痛他先前对待她的错误似的，但又似乎还是什么也没有。不过些微有个观念，"死了"，"葬

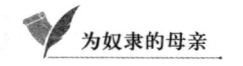

了","完了"!

天赐经过这一次变故以后,心也受了极大的打击,态度也不似先前之和善,令人乐于亲近了。除出认真的照常工作以外,对于别人底消息一概不闻不问。他想到:"人只有作恶的可以获福,做好人是永远不会获福的。"但他也并不推究那理由。以他的聪明,不去推究这个理由是可惜的。

此外,一班观众和喜欢讲消息发议论的人,倒更精彩,更起劲,更有滋味一般,谈着"人鬼和他底妻的故事"。很久很久以后,还是一谈到人鬼和他底妻,就大家哗然地说:"这真是一件动听的故事呀。"

一九二八年九月十六日

会　合

阿翠是凤翔里著名的私娼。在她的房内，有一位身体肥胖的男子，年约四十岁，穿着绸的马褂与缎的长袍，昂然挺着他的胸腹，坐在一把安乐椅上吸着雪茄烟。烟气一口口的从他的口里喷出来，一圈圈的上升，成一种青色的云雾的样子。一边他心里这么计算："我又兼了多个差使，正薪虽然不过每月多了一百三十元，然而额外的进款，至少八九倍正薪总有的，哈，哈，哈。"

一边他又在房内大声的叫："阿翠！阿翠！"

随即，一位十八九岁的美貌的姑娘跳进来，她袅着身子，叫一声老爷。

"你在那儿？"他问着，吸了一口烟，骄傲的样子，"我想将麻布巷那座房子买来怎样？"

她跳到他的膝上，撒娇的说："买它来，王老爷，买它来。"

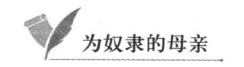

他一边就眼眯细的将香烟塞在她的口内，好像不许她再说似的。一边用手摸到她的腿上。

突然，门口出现了一位二十六七岁的青年，一身漂亮的西装，立着。王老爷一眼看见便发呆了，两人一动不动，各用眼睛钉一般彼此钉视着。王老爷的心动荡的想："这人就是李——做什么？……莫非来报仇吗？……"

阿翠赶紧跳到青年的前面，叫道："李少爷，进来，这位就是王老爷，现在政府里做大官，都是自己人呢。"

同时又转过脸向王老爷说："王老爷，李少爷是革命家，从前是党员，现在是委员，也是大官呢。"

王老爷马上立起来，同他打一个招呼，说："李先生，你怎会到这里呢？"

"怎会到这里？我正要问你，你还能捉我去吗？哼！"那青年又惊诧，又愤怒，恶声地反问。

王老爷和气起来，近于谦卑的说："是，是，是，李同志，请坐，请坐。这里又香又暖，我们坐坐谈谈罢。过去究竟是怎么一回事呢？"

抱着一肚子旧仇新恨的李少爷，愤愤地在一只沙发上坐了下来。王老爷献一支香烟给他,阿翠马上忙着划火柴,给他点着。王老爷自己也换了一支香烟,两人对坐着吸起来。阿翠左右为人难,站了一忽儿,便溜出去了。房间内陷入一种沉默而带着严肃的状态。

李少爷低着头,皱着眉,他回想起一年前,他被军阀捉去,现在眼前的人,便是当时军阀手下的走狗,便是要枪毙他的人。李少爷抬起眼来向他狠狠地注视了一眼,看见他现在是满脸笑容了,但是当时呀,当他在法庭上审问他时呀,他的相貌是那么的凶,他的声气是那么的恶!他一点也不容情,一定要判决枪毙他,他站在堂下在绝望中是多么的苦。……

李少爷想到这里,一股愤恨不平之气从他的心底涌起来,他把剩下的半截香烟狠狠地掷到了痰盂里去。

王老爷眼瞪瞪地看着他,似乎窥见了他的心事。"哈,哈,李同志,你有什么心事呀?"他狡猾地问。

李少爷并不作答,愤愤地又拿了一支香烟,猛吸起来。房间里依然是一种严肃的沉默。王老爷用他的阅历丰富的眼睛,不绝地看看李少爷的脸色,看看窗外的天色,他好象在思量着要解决什么难事似的。

忽然,王老爷放声高唤了起来:"哈哈,李同志,

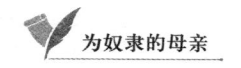

你知不知道我们这一次国民革命成功的道理吗？"

李少爷心里有点诧异，但他仍不睬他。

"原来就是中庸之道呀！"王老爷深深吐了一口青烟，一字一顿的解说他的道理，好像是开导一个顽皮的孩子似的："是的，就这两个字呀！你以前的态度是太过激了，谁都说你是共产党，我们指摘你的地方也在赤化。现在，你好了，你当然是我们党的忠实同志。我以前是帝国主义，现在，也好了，我当然也是我们党的忠实同志。所以革命成功的意义就在这一点……"他又吐了一口烟："你们以前是个太新的青年，现在是倒退一步；我们以前是太旧的老年，现在赶上一步；我们都成了信奉总理遗嘱的党员，这就是所谓中庸之道呀。我们中国人的精神、国民性，就在中庸二字。所谓不偏不倚，不太过，不太多。你以前太过，我以前不及。现在好了，我们同努力于三民主义，已经中庸了。照此做去，孔子的道理，孙中山先生的方法，何患国不强？何患家不富？何患洋人不服？何患倭奴不死？哈，哈，哈，李同志，以为何如？"

青年听得莫名其妙，但仍闷声不响，他又向青年横一横眼说："譬如这种地方，是我们以前常来玩玩的；

现在李同志也来玩玩，很好的，这就证明我的中庸的理论之确实。"他顿了顿，吁了一口气说："人生几何，寻些快乐是应当的。"

这时青年的脸上略微露一点微笑，但马上仍旧回复到严肃的神色，仍一句话也不说。他又问："李同志有什么高见？"

"没有什么。"青年懒懒地答。

"我们还是寻点快乐罢。我们以后是同党的同志了。李同志，我们打四圈牌何如？"

"……"青年并不回答可否，但是王老爷马上便高声叫起来："阿翠！阿翠！"

当阿翠应声进来的时候，王老爷便吩咐她道："我和李先生要打牌，你再去唤一个姊妹来。"

两分钟后，阿翠便把桌子放好。泼喇一声，一百三十六只牙牌倒在桌上。那又香又暖的房间里，接着便劈拍劈拍的响起来，其间还常常杂着得意、欢笑、懊恼、怨艾的语声，但这种语声只从三人发出的，那李少爷是除了作劈拍的牌声而外，一言也不发的，他总是没有别人那么高兴，也可以说是一点也不高兴的。直到他和了一副三番，那时，他对面的王老爷恰做着第三次

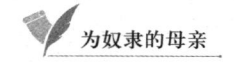

的头家。他才哈哈大笑,兴高采烈了起来,似乎他从前的一切仇恨统都在这一副三番的牌中报复了,同时,他还得到了桌子下面阿翠的一条火热的腿搁到他的膝上来,更添加了他不少的兴致。

一九二八年十月

没有人听完她底哀诉

尖利的北风。巍峨古旧的城下。一位五十多岁的老婆子,坐在地上,哭她生命末路的悲哀:"天呀!命呀!我底苦痛呀!"

哭声有了半小时。

几个孩子听得悲伤。向城门边跑去。他们都是住在城脚的茅舍中的穷孩子。在这北风中,也还穿着单裤,破夹衣,没有鞋子。

可是他们都同情地围在她底面前。钉住眼睛看她涌流出来的大泪。食指放在口里,不发笑声。

老婆子继续哭道:"天呀!命呀!我底苦痛呀!"

三四个贵胄式的妇人走进城来。也听得她哭声悲哀,驻足问她道:"老婆子,什么事?"

老婆子也就诉说:"太太呀!可怜可怜我罢!我有一个六十岁的白发的丈夫,我还有三个儿子……"

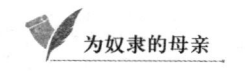

于是贵妇人们互相一笑。

有的说:"还说可怜可怜她呢!我只有一个儿子,她倒有三个。"

有的说:"她还不满意,她底丈夫已经陪她到60岁了。我底丈夫陪我到五十岁就死去。"

一边说着,一边走远了。

眼前仍留着几个孩子,呆呆地。老婆子又哭。

"天呀!命呀!我底苦痛呀!"

哭声又过去半小时。

一班学生走出城。他们也听得她哭声的凄怆,驻足问她什么事。

老婆子继续诉说道:"少爷呀!可怜可怜我罢!我底大儿子,前年二十二岁。兵爷打仗,将我底儿子拉去搬炮弹。可怜从此就没有回来了!一年,两年,我底眼睛望花了。可怜从此就没有回来!……"

悲哀噎住了她底喉咙。没有等她说完,学生们气愤愤地昂头走散。

有的叫:"我们应当反对战争!"

有的叫:"我们应当提倡非战论!"

有的叫:"战争的罪恶呀!落到老婆子底身上了!"

可是她底眼前，仍是几个孩子。老婆子又哭："天呀！命呀！我底苦痛呀！"

哭声又连续半小时。

几个农人从田野中进城。他们也听得她哭声的酸悲。放下锄问她什么事。

老婆子带泪继续哭诉道："兄弟呀！可怜可怜我罢！我底第二个儿子，去年十三岁。到山上去砍柴。不知怎样一失脚，跌下岩壁来。别人抬他回家。血流太多了。到家也就死了！……"

老婆子呜咽地说不成声。

农人们听的不满意，有的说："不小心，不小心。山上我们一年要去整百次，那里会跌落岩壁？"

有的说："这是一个十三岁的第二个儿子，不要紧，还有大儿子在哩。"

一边互相拿起锄，又走远了。

她底眼前仍剩着几个痴孩子。老婆子更悲伤地哭了："天呀！命呀！我底苦痛呀！"

哭声又经过半小时。

一群工人走出城。也听得她哭声的悲伤，走近去问她为什么这样哭。

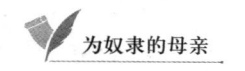

老婆子硬咽地说不清楚的继续说:"伯叔呀!可怜可怜我罢!我底第三个儿子,六岁的一个。三个月前,我和我丈夫到田野上拔瓜藤。留他在家里玩。等我们回来,他却不见了。门口有一堆血。我们踏血迹寻去,却是深山。唉!被狼吞去了!……"

工人互相一惊。嘈杂的叹着:"山里还有狼呀!"

"狼竟会到村庄来吃人么?"

"不过这是一个小儿子,她总还该有两个大儿子在的。"

一边也匆忙地走去了。只回过一两次的头来,但不想续知她底哭诉了。

黄昏开始落下来。

在老婆子的眼前,仍是几个不懂事的孩子。她仰头向着密布天空的阴云,失望地放声大哭:"天呀!命呀!我底苦痛呀!"

城门往来的人儿稀少了。

哭声又消逝半小时。

两三个商人从乡间收帐回来。钱袋在他们底肩膀上琅琅地响。他们也听得她哭声的凄楚。脚步停到她底前面,问:"老婆子,什么事?"

孩子们也抬头看着商人底脸孔。

她似有一线光明的诉说道:"唉!老板!可怜可怜我,舍我几个钱罢!我底六十岁的老丈夫,自从第三个儿子死后就病了!到现在有三个月,将死了!……

商人们互相说:"夜了,夜了,我们要回去了。否则可以给她两角钱。虽则事情是常常如此的。"

一边又匆匆地没去他们底影子。

老婆子一时昏去了。一时又慢慢地向看呆了的孩子们说:"小弟弟们!可怜罢!我因为乡下没处讨钱,远远跑到城内来。想讨几个钱买一服药回去。……唉!虽则我底丈夫,此刻或者已经死了!可是小弟弟们,你们也有钱么?"

老婆子酸苦的说不成别的话。

而这几位听呆的孩子:有的抖抖他底衣袋,表示袋内只有一把蚕豆。有的翻转裤腰,表示身上只有一个肚脐。个个摇摇头,不声响。

老婆子却突然发狂似的问:"你们也有毒药么?你们也有刀么?我不想回家去了!"

孩子们一听到问有刀,惊怕了。逃散了。

黑夜如棉被一般盖在她底身上。朔风一阵阵地在扫

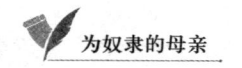

清她身上底尘埃和她胸中底苦痛。

她气息奄奄地睡在城脚下,她心底未曾全灭的光,为她家中的白发丈夫似乎还得望着明日。

一九二九年十二月

死　猫

　　每天晚上木匠文土照例到这家酒店来喝酒，两位小伙计招待他，笑眯眯的用酒放在他的身边，就请他说起关于运命的事情来。他说："做人若照你们这般，一天一天的苦干，一钱一钱的节省下来，这是做不好的！譬如皇帝，若都要自己亲身去杀贼，他还做得成皇帝么？大财主是财神光顾他的，运命里就是大财主。"

　　一边他举起杯来，大喝了几口酒。一位小伙计笑着问他："那么你究竟几时会发财呢？"

　　他答，"快了。我今年四十九年，总在五十岁以内的。"

　　一边他又喝了几口酒。小伙计没有再说，两人耳语了一些什么，又看他如看呆子一样的笑了一阵。

　　他当夜酒醉醺醺的回到家，睡在一张旧床上想："唉！我究竟几时会发财呢？莫非我的运命欺骗了我一

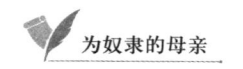

生不成么？整包的金子，这才可以给我娶妻养子，成家立业……现在我给别人造房子，将来我要别人来造我的房子……什么时候呢？……但总有时候的罢？……哼，也叫别人看看我文土一生阔气几时，才得舒服！……也许今夜，财神会来叫我了……文土！……金子……银子……宝贝……"

一边，他随将灭未灭的灯光睡去了。

正是半夜，他却突然醒来。他听得很清楚，门外有人高叫他的名字。他逆着气听了一息，又什么声响也没有，他以为他自己的神经恍惚，又睡下去。果然门外又叫了："文土！快起来！银杏树下有银子！"

他急忙点亮了灯，披上衣服。但不知怎样，全身发起抖来。口里嗫嚅的自语："财神爷爷，是你叫我么？"一边立直两条无力的腿，手拿了油灯，光幽暗而闪动的。他恨这盏灯光太幽暗，但想，也许明天可用洋灯了。而门外又叫："文土！快起来！银杏树下有金子！"

他呆站了一忽，决计走动了。他的心脏搏跳的非常厉害，他又将一件大马褂披上。于是将门开了。门外更郑重而严厉地叫："文土！你不来，银子金子没有了!"

  他立刻冲向门外,随即一阵风将他手内的灯吹熄。他全身竖起寒毛来,两腿抖着。门外漆黑的,一缕月光也没有,一点星光也没有,黑暗如大熊一般的站在他前面。银杏树在他的门外约十丈路,他不敢立刻走近去,只两目紧张的注视着。忽然,银杏树下发了一阵火光,银杏树也如五丈金身的恶魔般现一现它的凶相。这时,他伸一伸腰,拍一拍胸,决计放大胆向前走去。但只走两步,火光又发了一阵,隐隐中还有嘈杂的语声。于是他又吓退了。一时,第三次的火光又爆发,在火光中,他似还见一位和善的老人,但倏忽又没有了。他重又回到房内,取了一盏满是灰尘的灯笼,点亮,光古铜色的。他不顾生命的一直跑到银杏树下,他依着树根的四周照了一遍,但什么也没有。于是揣拟方才火光所爆发的地方,近着一园地的墙边,他走去,提心吊胆的。在手里发抖的灯笼照到一墙角,果然,一口布袋倒放着。袋口扎的紧紧的,这显然是金子银子了。他俯下身子去一摸,呀,袋内忽然动一下。这一动他几乎吓死,呆了想:"什么?里面究竟是什么?动了,金子银子么?"

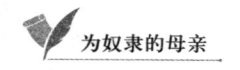

一息,他又轻叫:"神爷,显示罢——"

他提着灯又向四近照了一遍,四近是什么也没有,又回到原处,一口布袋仍放着。这样,他跪下,捧起两手来向这布袋拜了两拜。就将这袋子的绳解了,很费力地解了。但一看里面,又几乎吓死去,里面是什么?——一只将死的猫!猫已经不会叫了,但两颗碧绿的眼仍向他射一射碧绿的光。他立刻丢下袋,跑回到他自家的门边。不料正是死猫所在的地方,又爆发了火光,一阵,二阵,三阵。他恐惧地坐守在门边,不敢就将死猫去拿来,虽则他想——死猫是可能的会变成宝贝。但他没有勇气去探取,他只有等待;他想,等待到天亮,再去找住这个罢。一边,他拿烟管吸起烟来。

东方起了霞色,大地的白光,辨得一切在清晨的寒气里战抖。银杏树庄严而盛气地站在他门前。他走去,先向银杏树的四周一看,还是什么也没有;于是又忙向墙角去拿布袋,但布袋呢?"唉!"他喊了!死猫已经载着布袋逃去了,没有了!他回到屋内痴痴的仰卧在床上想:"假如将这口布袋拿来,死猫一定会变成金子,银子,宝物,可是我的运命过去了!"

第二天晚上,他又到这家酒店去喝酒,两位小伙计照样招待他，可是一边笑个不住。他眼向小伙计看，他并没有向任何人说出昨夜经过的事，只没精打采的喝他的酒。一位小伙计又问他："文土！你究竟几时会发财呢！"

他吃吃的说："过去了！我恐怕不会发财了！以后只得我自己用力挣扎了？"

小伙计又不禁要笑声冲出口来。

一九二八年十二月

夜底怪眼

挟着神声鬼势的海潮，一浪浪如夏午之雷一般地向宝城底城墙冲击。大块的绛色方石叠成的城墙，泰山一般坚固而威严地抵挡着，简直神色不变的，使浪涛发一声强力的叹息，吐一口白沫而低头回去罢了。

这时的城内是杀然无声，比荒凉的原始旷野还沉寂。乌鸦也不知飞到何处去了；往常的有一种的灰白的水鸟，每当太阳落下最后底光在西山之巅的时候，它们总飞出来在宝城底城上，回环的翱翔三圈，落它们底休息之影在夜之海岛底上面，今晚呢，也不知它们飞到何处去了！也没有一家犬吠。——这样，莱托娜（Latona）用同一种深黑色的葬衣，没界限地披着城内城外——披在怒号不平的海潮上，也披上人心惶栗而不敢做声的宝城。

在隐约的一个城脚，站着几个兵士。东方的半圆的月亮，慢慢地升上地平线来，照清他们底面貌、服装，并动作。但月亮是含着泪光如嫠妇之看着她底孤儿去远征一样。

相距他们约两百步的地方，有一座小小石刻的神龛，悬出的靠着城墙，二方尺那么大小。神永远不笑也不怒地守望着宝城，似计数着宝城里底生命而不愿他们有一个无辜地放到海外去。这时在神龛底前面，却跪着两位不幸的女人，一位头发苍白的约五十余年纪的老妇，一位是十四五岁的小姑娘，她们的心简直被锁在铁之门内般绝望，脸灰白和死人一样。

"那儿是谁？叫她们滚开！"兵士中底一个说。

"让她会一会她底儿，也让她会一会她底姊罢。我认识的。"另一个兵士远远地对她们挥一挥手。

"长官有命令，不准谁瞧着的！谁瞧着就连谁死在该地！"

"那让她们也死在一块罢。"

他们对着月光冷笑了一冷笑。

海潮继续怒号地；夜光与冷气继续凝固地。

就在远处，飓风似的来了另几个兵士，簇拥着一位青年与一位女子。他们没有光也没有火，只烟一般的，

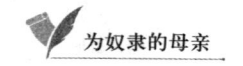

魔鬼一般的向城边来。

老妇人与小姑娘继续跪着。

八个兵士迎着,青年与女子就如绵羊一般地绑在两条木桩上。惨淡的月光照见他们底脸上已没有一分的血色,两堆密长的乌头发,遮了他俩全个额。

离他俩二十步外,两个兵士举起步枪瞄准,枪水平地在两个兵士底肩臂上。

"让她会一会她底儿,也让她会一会她底姊罢。我认识的。"那个兵士又远远地对她们挥一挥手。

"放!"

接着就是这一个口令。天呀!在这夜色苍茫当中,只见两道火光,好像怪神底眼睛底一闪,随着枪底声音射出来。四位不幸者,青年与女子,老妇人与小姑娘,就同时倒在地上了!

一分钟后,老妇人与小姑娘就从吓碎的灵魂中醒回来,生命底全力支不住战抖的肢体。她们挣扎,颠仆,奔跑,啜泣,向着青年与女子底尸体。

"你们是谁?不准跑近!"兵士中一个说。

"让她会一会她底儿,也让她会一会她底姊罢。我认识的。"那位兵士仍向她们挥一挥手。

"赶快！吊上城，放下小船，运到海中葬了！"另一个兵士说，猫头鹰一般的眼，注视着老妇人与小姑娘，绿色的。

"还我儿子底尸罢！兵爷！"

"还我姊姊底尸罢！兵爷！"

"不准声张！"兵士答。

同时四五个兵士，就用两根粗大的麻绳，一端缚着两具死尸底胸膛上，一端丢给半分钟前爬上城头的几个兵士，预备将尸吊上城上了。

"修好罢！兵爷！还我儿子底尸！"

"修好罢！兵爷！还我姊姊底尸！"

"给你们也死在一块！"兵士答。

一个兵士抓开老妇人紧紧地抱住她底儿子底颈的两手，一个兵士竟将枪柄插在小姑娘底胸上。老妇人与小姑娘又昏倒在青年与女子底血泊中，简直要舐完那与她们自己有关系的将凝结的污血似的。

尸慢慢地吊上城，又慢慢地向城外放下，到泊在城脚底激浪里的小舟中。两具尸似两条古木一般横卧船板上，在摇篮里睡熟着似的荡向海中。

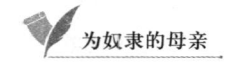

海潮继续地怒号着向宝城冲击，夜光与冷气继续地凝固在一切之上。几个兵士仍严肃地站立在城墙边，朦胧的月光中，待望着那第二次第三次来给他们开夜之怪神底眼睛的死囚。

距他们两百步的地方，神龛底前面，蜷卧着讨不回尸首的也将死去的老妇人与小姑娘。

一九二九年四月六日夜

别

　　夜未央；人声寥寂；深春底寒雨，雾一般纤细的落着。

　　隐约地在篱笆的后面，狗吠了二三声，好像远处有行人走过。狗底吠是凄怆的，在这蒙蒙的夜雨中，声音如罩在铜钟底下一样，传播不到前山后山而作悠扬响亮的回音。于是狗回到前面天井里来，狗似惶惶不安，好像职务刚开始。抖着全身淋湿的毛，蹲在一间房外底草堆中，呜呜的咽了两声。但接着，房内点上灯了，光闪烁的照着清凉的四壁，又从壁缝透到房外来，细雨如金丝地熠了几熠。

　　一位青年妇人，坐在一张旧大的床沿上，拿起床前桌上的一只钢表瞧了一瞧，愁着眉向床上正浓睡着的青年男子低声叫道："醒来罢，醒来罢，你要赶不上轮船了。"

青年梦梦地翻了一身，女的又拨一拨他底眼皮，摇他身子："醒来罢，醒来罢，你不想去了么？"

于是青年叫了一叫，含糊地问："什么时候？"

"十一点四十五分，离半夜只差一刻。"

"那么还有一点钟好睡罢，我爱！"

"船岂不是七点钟开么？"

"是的，七十里路我只消六点钟走就够了。"

说着，似又睡去了。

"你也还该起来吃些东西；天下雨，泥路很滑，走不快的，该起来了。"

可是一边看看她底丈夫又睡去了，于是她更拢近他底身，头俯在他底脸上："那么延一天去罢，今晚不要动身罢！我也熄了灯睡了，坐着冷冷的。"

忽然，青年却昂起半身，抖擞精神，吻着她脸上说："不能再延了，不能再延了！"

"今晚不要动身罢，再延一天罢。"

"不好，已经延了二次了。"

"还不过三次就是。"

"照事机算，今夜必得走了。"

"雨很大，有理由的，你听外面。"

他惺忪地坐在床上,向她微笑一笑:"我爱,'小'雨很大罢?还有什么理由呢?"

这样,他就将他底衣服扣好,站在她底面前了。

"延一天去罢,我不愿你此刻走。"

她将她底头偎在他底臂膀上,眼泪涔涔地流出来了。

"放我走罢,我爱,我还会回来的。"

一边,他吻着她底蓬蓬的乱发上。

"延一天去罢,延一天去罢,我求你!"

她竟将全个脸伏在他底胸膛上,小女孩一般撒娇着。

"放我走罢,我爱,明天的此刻还是要走的。方才不醒倒也便了,现在我已清醒,你已冻过一阵,还让我立刻就走罢!延一天,当他已延过一天——事实也延过二天了,所以明天此刻还是和此刻一样的,而且外边的事情待的紧,再不去,要被朋友们大骂了!放我走罢,我立刻要去了。"

"那么去禀过妈妈一声。"

青年妇人这才正经地走到壁边,收拾他底一只小皮箱,一边又说:"我希望你一到就有信来,以后也常常有信来。"

"一定的。"

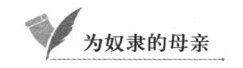

"我知道你对面是殷诚；背后却殷诚到事务上去了。"

于是他向她笑了一笑，俩人同走出房外。

母亲没有起来，他也坚嘱母亲不要起来。母亲老了，又有病，所以也就没有起来，就在房内向房外站立着的他说——老年的声音在沉寂的深夜中更见破碎："吃吃饱些走，来得及的，不要走太快，路多滑，灯笼点亮些。到了那边，就要信来，你妻是时刻记念你的。要勤笔，不要如断了线的纸鸢一般。身体要保重，这无用我说了。你吃饭去罢。"

儿子站着呆呆地听过了，似并没十分听进去——是天下的母亲对儿子的远离的话，都是这么的，虽则千篇，还是一律的。这时妇人就提着灯去开了外门，她似要瞧瞧屋外的春雨，究竟落到怎样地步，但春雨粉一阵地吹到她脸上，身上，她打一寒战，手上的灯光摇了几摇。狗同时跑进来，摇摇它底尾，向青年妇人绕了一转，又对着青年呜呜的咽了两声，妇人底心实在忍不住，可是她却几次咽下她不愿她底丈夫即刻就离别的情绪。以后是渺茫的，夜一般渺茫，梦一般渺茫，但她却除出返身投进到夜与梦底渺茫里以外，没有别的羁留她丈夫底理由与方法了。

妻是无心地将冷饭烧热，在冷饭上和下两只鸡蛋。盛满整整一大碗，端在她丈夫的桌上。——桌下是卧着那只狗。

青年一边看表，一边吃的很快。他妻三四次说："慢吃，来得及的。"可是青年笑着没有听受，不消五分钟，餐事就完毕了。

俩人又回到房内，房内显然是异样地凄凉冷寂，连灯光都更黯淡更黯淡下来了。青年想挑一挑灯带，妇人说："油将干了。"

"为什么不灌上一些呢？"

"你就走了，我就睡了。"

"那么我走罢。"青年伸一伸他底背，一边又说，"那么你睡罢。"

"等一息，送你去后。"

"你睡罢，你睡罢，门由我向外关上好了。"

他紧紧地将他底妻拥抱着，不住地在她颊上吻。一个却无力地默然倒在他怀内，眼角莹莹的上了泪珠。

"时常寄信我。"

"毋用记念。"

"早些回来？"

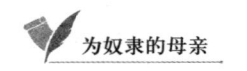

"我爱,总不能明天就回来的。"

一边又吻着她底手。

"假如明早趁不上轮船?"

"在埠头留一天。"

"恐怕已经要趁不上了!窗外的雨声似更大了!"

"那么只好在家里留一天?"

他微笑,她默然。

"你睡下罢,让我走。"

"你好去了,停一息我来关门。"

她底泪是滴下了。

"你睡下,我求你睡下;狗会守着门的。"

他吻着她底泪,一个慢慢地将泪拭去了:"你去好了!"

"你这样,我是去不了的。"

"我什么呢?我很快乐送你去。"

"不要你送,不要。你睡下,好好地睡下,你睡下后我还有话对你说。你再不睡下,我真的明天要在埠头留一天了。"

"那么我睡下,你去罢。"

妻掀开了棉被,将身蜷进被窝内。他伏在她底胸上，两手抱住她底头，许久，他说："我去了。"

"你不是说还有话么？"妻又下意识的想勾留他一下。

"是呀，最后的一个约还没有订好。"

"什么呢？"

他脸对她脸问："万一我这次一去了不回来，你怎样？"

"随你底良心罢！你要丢掉一个爱一个，我有什么法子呢！"

"不是这个意思，我是问你你要怎样，我决不会爱第二个人的，你还不明了我底心么？可是在外边，死底机会比家里多，万一我在外边忽然死了，你将怎样？"

"不要说这不吉利的话罢。"

"我知道你不能回答了！但我这个约不能不和你订好。"

"你去罢，你可去了，你不想去么？"

"我一定去的，但你必得回答我！"

他拨拨她底脸；一个苦笑说："叫我怎样答呢？我总是永远守着你的！"

一个急忙说："你错了！你错了！你为什么要永远守着我？"

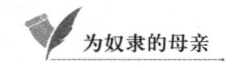

"不要说了,怎样呢?"

"万一我死了——船沉了,或被人杀了,你不必悲伤,就转嫁罢!人是没有什么'大'意义的,你必得牢记。"

"你越来越糊涂了,快些走罢!"

"你记牢么?我真的要走了。"

"你去罢!"

可是他却还是侵在她脸上,叫一声"妻呀!"

别离的滋味是凄凉的,何况又是深夜,微雨!不过俩人底不知次数的接吻,终给俩人以情意的难舍,又怎能系留得住俩人底形影的不能分离呢!他,青年,终于一手提着小箱,一手执着雨伞,在雨伞下挂着一盏灯笼,光黝黯的只照着他个人周身和一步以前的路。他自己向外掩好门,似听着门内有他妻底泣声,可是他没有话。狗要跟着他走,他又和狗盘桓了一息,抚抚狗底耳,叫狗蹲在门底旁边。这样,他投向村外的夜与雨中,带着光似河边草丛中的萤火一般,走了。

路里没有一个行人,他心头酸楚地,惆怅地,涌荡着一种说不出的静寂。虽则他勇敢地向前走,他自己听着他自己有力的脚步声,一脚脚向前踏去;可是他底家庭的情形，妻的动作，层出不穷地涌现在他心头。过去的不再来，爱的滋味，使他这时真切地回忆到了。春雨仍旧纷纷地在他四周落着，夜之冷气仍包围着他，而他，他底心，却火一般，煎烧着向前运行。

"我为什么呢？为个人？为社会？——但我不能带得我妻走……不过这也不是我该有的想念，事业在前面，我是社会的青年，'别'，算得什么一回事！"

这样，他脚步更走快起来，没有顾到细雨吹湿他底外衣。

一九二九年五月一日

遗　嘱

在一间简陋幽暗的房内，睡着一位喘息着她最后底微弱的呼吸的老母亲。这时她向一位青年与一位少妇无力地问道："儿呀，此刻是什么时候呢？"

站在她床前的呆呆守候着她的青年与少妇，含着几乎要滴下来的眼泪，低低哀咽地答道："夜了，妈妈，已点上灯了！"

老母亲沉寂着，深陷在她枯瘦而这时稍稍红晕的脸颊上边底眼球，带着四圈的黑色皱痕转了一转。床前闪着灯光，房内是浓密地排列着死神底严肃的影，一种生命底末路底苦味震撼着青年夫妇底舌头。一时，老母亲微动一动身，似她底全副精神被远处的二三声犬吠所激发，所吸收。屋之四周是萧条的，凄怆的，犬之吠声似从夜底辽远的边疆上——另一个世界传来一样。她，喉咙破塞地又同他俩问："狗在那里叫呢？"

"妈妈,没有狗叫……"

她却苦做一做脸:"我知道,我知道……"

她又力弱地止住了房内沉寂一息,媳妇低声地问:"妈妈,你要喝一口茶么?茶内放着姜的。"

她又摇一摇头:"让我闭闭眼罢,我底眼已看不清你们两人了!"

于是青年就流下泪,而且低声地啜泣起来。她却又说:"你哭什么呢?不要哭罢,我还有话对你讲。你一哭,可以使我底心立时失去的。"

"妈妈,我没有哭。"

青年又将泪收止住。他受着时光老人的拖拉,气都不敢喘地。夜之畏追在四周,远处又送来犬底吠。母亲又急喘的低弱地说了一句:"狗好像叫在我的心上一样呢!儿呀。"

"妈妈,我给你掩住耳朵罢。"媳妇说,"无用,无用……"

"那么你想到什么呢?妈妈!"青年问。

老母亲却又含笑了一笑,昂一昂头,答:"第一,想到你过去的爸爸;第二,想到你现在的妹妹;第三,想到我以后的自己!"

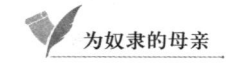

"你还想这些做什么呢?"

"因为我记念着这三件事。"

"我会代你记念着的,妈妈,你安心!"

老母亲又静默着,她底脑海中掀翻着许多风涛险恶的往事——她自己是在动荡颠簸着:前面是仇人底碧绿的眼睛在暗中闪光,明晃晃的刀在空中乱舞,狼一般的心啮着他父亲底骸骨,血花高高地飞沾,好似巨浪泼到孤岛的岩石边一样;犀利的爪牙就一齐屏息地向她家中投掷进来。"天地底变色呀!"她呓语似的说了一句,又沉默着。一回,她瞧见她亲生的女儿的影子在门后流泪,蓬首垢面的,一个十二三岁的弱小的女孩;她又裸露地跪在半夜的天井中,风霜之下哀呼她自己底哥哥与母亲;她底心已如秋天的黄叶,身子寸寸地被虫豸咀嚼着;她难于捱过一时一刻的光阴,竟和小舟渡过波涛汹涌的海洋一样。于是她又轻轻地叫了一声"女儿呀!"可是青年与少妇不曾听到。但忽然,她却明了她自己底前面,有一位牛头,有一位马面,狰狞可怕的死之吏役,用铁索挂在她底头颈中,铁铐穿在她底手上,向前面,是有无数毒蛇的山谷。人们底头是颗颗的被蛇啮去带到大树底顶上。这时,老母亲狂呼了一声,好似她已堕入了万丈的深谷。青年立时摇着她,不住地叫:"妈妈!妈妈!"

"呀,儿呀,我还清楚的!"

她底枯燥的眼眶润湿了!

"你又觉得怎样呢,妈妈?"

老母亲摇一摇头。

"没有什么,不过自己慌得很……"

"有你亲爱的儿子站在你面前,妈妈!"

"还有你亲爱的媳妇……"

老母亲又苦笑了一笑,无光之眼向青年俩望了一望。同时,她伸出她枯枝似的手,向空中颤抖地摸索。青年立刻问:"妈妈,你要什么呢?"

"拿你们底手来。"

一边,她声音稍稍用力地:"我此刻怎样?"

"妈妈底精神是很清朗。"

"不,不,不过我此刻死不去,我很慌!"她气喘地停一忽,"你们也知道狗为什么叫么?它是叫铁索的声响和无常底影子呢!"

"妈妈,不要说这话,妈妈是还会健起来的!"

媳妇流泪地。老母亲又气喘地接下说:"不会了!

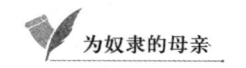

死亦没有什么,人总有一次要死的!不过带着她生前的不甘心,到阴司去受罪,真是一件最苦痛的事……"

青年凑近她,低声问:"妈妈,我会做的,你说什么呢?"

老母亲点一点头。

"是的,可是在我死后,你第一件事做什么呢?"

青年凄凉地低头说:"领回妹妹来,你记念着的;而且领回以后,不再放她回那家去了,我永远保护她!"

老母亲仍点一点头。

"是的,可是在我死后。你第一件事做什么呢?"

青年呆着一忽,同时房内杀静一忽,于是激昂地:"当先代爸爸……"

可是老母亲还是点一点头,隐晦而悲伤地说:"是的,你爸爸是枉死去了,你妹妹是受着苦的……不过,不过……"她枯燥的眼眶内底润湿着凝结成泪了!继续说,"不过我还记念着自己底死后!"

"妈妈为什么要记念着这个呢?"青年呜咽地。

"因为我怕有罪!"

她带着泪的眼向青年射一射绝望的祈求的光。

"那么妈妈要我第一件事做什么呢?"

"你听我这话做么？"

"一定的！妈妈！"青年几乎跪下去了！

"请和尚同道士来，给我超度一场罢！"

同时，她底泪是掉下了！她闭着眼继续说："听我底话罢！你爸爸底仇，仇人是逍遥复逍遥，逃在海港以外，谁能立刻找出他底影子，让你去嚼着他底肉！你底妹妹呢，她当受苦不久，因为她底哭声是立刻能奋起你底臂力的！……只有我闭去两眼底一刻，儿呀，是我最难过的关卡！我心伤碎，我将被碾压在铁轮底下……"

她底话继续不上了，她底气低弱了，她几乎没有声音地最后说："记着罢，让我假睡一回……"

永久的安息之神扬起他底旗子，青年与少妇号哭了。在他俩底心上感到重重地压迫，一种难于自制的情绪似乎不能分析他母亲底最后的几句话。他昏沉地，伏他底头在他母亲底尸体上，念想着此后第一件放在他眼前所要做的事。

一九二九年五月十六日

摧　残

　　一个寒风凛冽的冬天晚上，是这位可怜的妇人产下她第一个儿子后的第三夜。青白的脸色对着青白的灯光，她坐在一堆破棉絮内，无力地对一位中年男子——她底丈夫说道："照我底意思做去罢，这样决定好了。"

　　宽松的两眼向她怀内底小动物一看——婴儿露出一头黄发在被外。妇人继续说："现在，你抱他去罢。时候怕也不早了，天又冷，路又长，早些去罢。"

　　可是婴儿仍留在妇人底怀中，她上身向前偻一些，要抱紧一些似的。男子低头丧气地说道："不能到明天么？明天，明天，等风发发小些的时候。"

　　"趁今夜罢！"妇人又吻了一吻婴儿说。

　　"再商量……我想。"

　　"没有办法了，米一粒也没有了，柴一束也没有了，没有办法了！"

妇人痴痴地摇摇头。

男子简直不自知觉地抱去婴儿,眼圈红红地跨出门外。妇人在他后面啜泣地说道:"走走快些,抱抱紧些,莫忘记了拉铃。"

男子没有答话,就乘着门外的冷风跑走了。

他一口气跑了七八里路,就在一座山岭上坐着。朔风更暴猛地,鼓着两面的树林,简直使他喘不出气。婴儿是没头没脚裹着的,有如一只袋,他这时却解开袋口,似要再看看里面底将失去的宝物,可是这一看竟使他伤破胆了!婴儿底小眼已紧闭,气没有了,他闷死了!

"唉!"他大喊了一声,几从坐着的石头上滚下去,可是一点方法也没有。

"抱回家去?怎样对妻说?"他想,他决定:送到育婴院以后的孩子是和死相差无几的。他还是就葬这个小尸在这山上罢!

他痴痴坐着,死婴在他底膝上。他一点勇气也没有,只泪不住地流。一时,他竟号哭起来。山岭上管山的人家奇怪地走出来了,他就向他们借了锄。他们

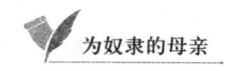

同声的说，安慰他："穷人原不配有儿子，不要伤心！何况你年轻，将来也不患没有儿子。"说完，他们也就进去了。一位年老的婆婆，还烧了一撮纸钱在门口。

他不能立刻就回家，为的要使他妻不疑心，他可以将这发生瞒过。他坐着，他坐着，夜过的非常慢。风声，水声，树木的动摇声，他都听得非常清楚，他镇静着他自己抵御一切可怕的夜声底侵袭。

他慢慢地推进他家底门。妇人仍在床上坐着一动没有动。她哭过了，眼之四周红肿地。这时他懒懒地走近问："你为什么不睡呢？"

"等你回来。"

妇人轻声地答。他站在她前面，几乎失声哭起来，可是他用他全力制止住。于是妇人问："你已送去了么？"

"送去了。"

"送到育婴院了么？"

"送到了。"

声音同回音似的，妇人眨一眨眼，又问："你拉过铃么？"

"拉过了。"

"你听到先生们出来抱去的么？"

"听到的。"

"你也听到这时娃娃哭么？"

"哭的，可是你不要多问了！"

男子不耐烦地，妇人却苦笑一笑，说："这样，我放心了！"

"你可以放心。"

"那末，我还是明天去呢，后天去？"

"那里去？"

男子稍稍奇异的。

"到育婴院做乳母去。"

"到育婴院做乳母去？"

"是呀，我早这样对你说的，忘记了么？"

男子却几乎要昏去一样："你仍旧要看护你自己底儿子么？"

"是的。"

"不行罢！"

"因为这样是好方法，一边我有饭吃，又有钱赚。"

"你定要这样做？"

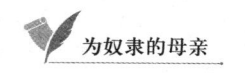

"不是么？你怎么失落了魂在山岭上似的？"

男子悲伤的呼喊起来，同时坐下椅上。

"唉！唉！这是不成功的，明天不要去罢！"

妇人独断地苦笑说："那么后天去罢。"

第三天，妇人终于进了城内底育婴院。

她开始一个一个的将婴儿认过去，可是在这数十个婴儿中没有她自己底婴儿。于是再向各乳母询问那几个是男孩，结果男孩只有两个，而且这两个都有四个月以上了。她非常地奇怪，她畏畏缩缩地跑到事务室的门外，探头向一位事务员做笑地问："先生，前天夜里没有人丢婴儿到这里过么？"

事务员向壁上挂着的婴儿出入表一瞧，说："有的，你问这个做什么？"

妇人更做笑地答："我不过想询问一问，因为邻舍……一位姑娘私产下了一个孩子……先生，你能告诉我这孩子是男的，还是女的么？"

那位事务员又向壁上一瞧，也微笑的说："男的。"

"真的么？那真是有趣的事！我还可以将这个笑话告诉先生，假如先生肯告诉我现在这个婴儿在那里，让我见一见面的话。"

那位事务员却摇一摇头，带着阴险的恶毒的脸色说："你真见鬼！告诉你，我是骗你的，前夜那里有什么孩子！男的，女的，私生的，恰恰前夜，一个都没有。此外是每夜都有的。"

妇人一时酸软了两腿。她极力忍制住她从内心所爆发的悲伤。而那位事务员继续问："你有没记错日子呢？那你还能告诉我你底邻舍姑娘私生孩子的故事么？"

妇人低下头，一边移动脚步，一边说："不必告诉了，那她所生的孩子一定死了！"

她坐在育婴室内，两手抱着两个不知是谁底两个初生的女孩，发着呆。她简直无从着想，似陷在山洞中望着落日一样，她恨不得立刻就回家，询问她底丈夫；但事实不能使她就走。

第三天，她丈夫来探望她，她却拉了她丈夫到一阴角询问道："我们自己底孩子呢？"

她丈夫慢慢地答："没有在院里么？"

"没有，我简直将近数天丢来的孩子都认过了，没有一个是的。"

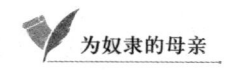

"那我不知道。"

"你怎么不知道呢？"

男子低下头说："恐怕死去了！"

"没有！没有！"妇人张声的说，"就是死了，这里也有收账的，那一夜简直没有！"

男子呆着，妇人又逼他道："你说，怎么一回事，将娃娃藏到那里去了呢？"

许久，他记起那夜别人劝他的一句话，他说："穷人原不配有儿子的，不要伤心！"

"什么呀？"

他极力想忍制住不说，可是声音冲出口边来："那夜在路里就死了！我给他葬在那山边！"

"怎么呀？你说……"

同时她放声哭了。

那位事务员与乳母们跑拢来，事务员知道了这秘密，就高声地向男子和妇人说："你们犯法了！将自己底孩子丢到这里来，而自己又来做乳母，这是犯法的。叫警察，送你们到警察所里去罢！"

妇人一边收止泪，一边说："先生，我已经没有儿子了，我底孩子已经死了！这里那个是我底儿子呢？"

那位事务员说："不管的，你们要想这样做，就送你们到警察所里去！"

妇人几乎跪下的哀求道："莫非我生了一个儿子还犯法么？先生，我现在也终究没有儿子了！先生，饶恕我们罢！"

事务员忿怒地向事务室走去，妇人却晕倒在她丈夫底臂上了。

一九二九年五月十七日

希 望

　　李静文吃过了晚饭，觉得非常无聊，阴闷的秋天一般的，走了两圈天井又回到书桌前坐着。点着一支卷烟，袅袅的青烟是引他思想的：爱情，幸福，美丽，家庭，他回念了一周，于是又站起，轻轻地自说了一句："还是密司脱刘夫妇那里去坐一趟罢。"就走着出去了。

　　密司脱刘底妻有美丽的眼睛和头发，这是他时常记着的；眼睛不在笑的时候也迷媚的，头发却细卷地披在头后，他常对刘说："要是我底妻有你底妻底这两样，无论她不识字，脚小，尽够抵得过了！"

　　这时他站在他们底门外，他所谓幸福的家庭底门外。门是开着的，他却没有一直走进去，只拣了阴暗的檐下，侦探似的暗看门内刘与他妻底行动。两人正在吃饭，"真是一对鸳鸯呀，"他摇首。可是一个却更显出快乐，一个却更显出妩媚，刘用五香烧肉拈在他妻底碗上,他妻却用这个拈到刘底口中,两人推让着,作客一般地。一时,刘妻又奔到厨间,不知拿来了什么,放在刘底面前;又不知讲了什么,刘"哈"的一声大笑了——他几乎也跟着失声大笑了——饭喷上了菜和桌,刘妻拿出帕,稍稍愠怒地说:"三岁的小孩子一般,不好转过头去的么?"刘应声轻笑说:"我要嚼糊喂在你口子里,看你怎样?"简直看影戏一般,使他忍不住了,就在门外,用掌啪啪啪的拍了三声。

"那个?门外,吓死人。"

刘妻吃惊地探头向外。李静文却气馁地走进去,一面说:"还不是白眼看看人的我么?"

"李先生,你怎么啦,不走进来。"

"白鸽样一对,我要赏鉴你们底幸福。"

"笑话,笑话,幸亏我们没有秘密呢!"

他却不待他们"请",就坐下一把摇椅上,一边说:"除接吻外,都表现着了。"

可是他们没有说,匆匆吃完饭。女用人在旁收拾。

这时刘递烟卷给他,刘妻就擦洋火给他点上火。他一边在点火的时候,一边眼睛看着她底眼,还横上看了她底头发。刘吸了一口烟,就向他问:"你底夫人怎

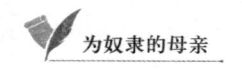

样？消息——"

"一点也没有,一点也没有。"

他喷着青烟,摇摇头。

刘妻笑了一笑,接着说:"应当有一点了,李先生,你不肯告诉我们么?"

"为什么不肯告诉你们?孩子生出来是不会同他母亲一样黄头发,缠过脚的。"

"冤枉,"刘说,"你总说她黄头发,我看来是非常黑的。"

"就是黄头发也没有什么,外国女人底头发岂不是比中国女人底美丽么?"刘妻不自足地接着说。

屋内稍稍静一息,烟气缕缕地轻擦着各人底鼻管。李静文忽然叹息说:"算了算了,黄也算了,白也算了。"

刘却暗笑地兴奋地说:"不会算了的,静文,人底命运说不定,转变是非常快的。"同时他向他妻瞟了一眼:"你底父亲真的到现在还没有给你一封信么?"

"真的,三个月了。三个月前的来信,他明说不久怀爱夫要生产了。"又吸了一口烟,"可是到现在还没有消息。"

"你自己计算计算月数怎样呢?"

希 望

"十四个月了，十四个月了，去年七月离家……"

刘却没有等他说完，接着说："一定有了意外了。"

"什么呢？"

"难产也说不定。"

"难产？"他兴奋起来，"怎样难产？莫非我妻死了么？"

"说不定。"刘冷冷的。

"就是难产，父亲也应该有信来。"

"难产了，当然没有信；空使你哭一场，什么用？"稍停一忽，"否则怎么会没有信？就是生下一个女儿，也是你底第一个女儿，你父亲断不会忘记告诉你消息的。只有，只有难产了，你夫人不幸牺牲了，那你再等一个月，消息还是不会自动传来的。"

"是呀，"他底眼睛睁的大大的，从摇椅上站起来，又坐下，"莫非真的有什么不测么？"

"事情有些可疑了，生理学上断没有十四个月还不生孩子的。"刘补充理由说。

李静文微蹙着眉，静默一息，凄凉的说："假如真的难产了，这怎么办？"

刘又向他妻瞟一眼——她只是笑着坐着，没有说一

111

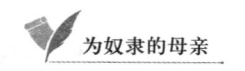

句话。——冷淡地讥笑般说:"假如真的难产了,那只好另求别爱罢。"

这样,李静文却又跳起来,好似无聊到这时是完全没有了。提高声音说:"我虽不希望她死,可是她却真的死了,那我未来的爱的幸福,还有偿补的机会罢!爱情底滋味怎么样,我一些没有尝到过;恋爱的滋味,新婚的滋味,我真梦似的将自己底青春送过了。一个完全不识字的她,上字会掉头读作下字的,不,简直掉头也读不出来!使我何等苦痛呢?即如现在,生了孩子也不晓得,不生孩子也不晓得,刘,你看,只要她能够写一个'生'字,或生字上再写一个'已'字,幸福就增加不少了!我读读只有'已生'两个字的一张信纸,也必不如现在这么无聊,这么寂寞。所以她由难产而死了我是不希望的;万一她由难产而死了,刘,你想,那我……"

他没有说完,刘底妻却客客的笑个不住了。这时她问:"依你怎样呢?李先生,你们男人底心理?"

"依我,"李怡然地说,同时他向壁上瞟了一眼,好像在这壁上他看出他理想的妻底美丽的影子,他就照着这影子,描摹出来地说道,"至少认得几个字,会写流畅的信的。也不要缠过足,穿上一双高跟皮鞋。"

"头发黄不要紧么？"刘妻笑着问。

"给她烫一烫；总之，头发黄是有个数的，我不知道怎样恶运星，恰恰碰着鬼打脸。"

刘妻又问道："还要怎样呢？李先生。"

"自然和我住在一道。我底收入是可以供给一个爱妻过活的，只要她不浪费，不买钻石戒指，不买金链条，其余，做件绸的粉红色的衣服，都可以；那穿起来，我们同到影戏院去看看影戏，也使得别人眩眼，我也分沾着光辉的。"

"但是看了影戏回来，她却对你发起脾气来，你怎么样？"同时她向她默笑的丈夫看一眼，"我是常常和他看了影戏回来要闹的。"

"刘？闹？你们要闹？"他惊骇地问刘，"我假如有像你这样的夫人，是会跪下去求她笑起来的。"

这样，三人统统大笑了。

"那么，"刘说，"你祷告罢，祷告你底夫人已经难产死去了。"

"这也不忍。不过她真的死了，我也不悲伤的，她太给我不满意了。"

"你们男人底心理，我现在懂得了。"刘妻转过

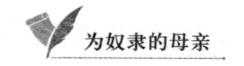

头说。

"你不要说这样话,"他起劲地,"假如我底妻是和你姊妹,那我一定会和她同死的!同生同死!"

刘妻微笑了:"奴婢一般地侍奉她么?"

"上帝一般的侍奉她。"李静文应声说。

"那做你底夫人真有幸福。"

"不过描写在天国中!刘,你以为是么?虽则人间也存在着的;有时跑马路,洋车上,汽车上,见到不少的天仙似的姑娘——活泼,妩媚,动人,妖艳,轻盈的微笑,迷魂的眼色,可是谁底妻呢?谁底幸福与谁底极乐园?我,我,一个结过旧式的女子的婚底人,妻又是小脚而不识字的,简直不能同她在街上玩,真悲伤,一想到这里……刘,你为什么不响呢?你笑什么?"

李静文竟唠唠叨叨地说了。这时,刘答:"此后你不悲伤了,希望来了。"

"还有什么希望。"他仰睡在摇椅上,摇着,叹息的。刘说:"因为你不满意的人上帝带她回去了,在这次的难产,一定的。"

他继续着摇,同时向刘底妻看一眼,叫道:"梦,梦。"

"你写封信去间接的打听一下罢,假如真的起变故,可以积极进行以后底。"

同时刘妻说:"假如真的起变故,你一滴泪也不流么?"

"流泪是假的。"

"那你为什么和她生着孩子呢?"

三人底目光互相关照了一下。

"谁知道,问造化去罢。"

刘妻又笑说:"所以做你底夫人真冤枉!"

"同时我也冤枉了,你们女人总是帮着女人说话的。"

"因此,"刘笑说,"男人还是帮着男人,我劝你赶紧祷告罢。祷告你旧的夫人难产死了,希望在你新的来,走近你,偎近你,洗雪你底冤枉。"

"完了完了,不说空话了,"同时他向门外望了一望,似有他新的美丽姑娘进来一般,但门外底阴影仍留住他底眼光,"我要回去了,写封信,切实去问个明白。"

他站起来,虽则刘和刘底妻再三要他再坐一息,再谈一息,而他终于开步走了。

路相隔是近的,可是他思想却奔跑的很远很远。他一回愁着，一回又笑了；一回追想起旧式婚姻的憎恨，一回又演现出新的夫人底美艳了；生活的单调，幸福的失落，他轻轻叹息说："希望，希望，转机就在这一着了。"同时他跨进寓里他自己底房门，向桌上一看，红色的长方的信，箭一般射入他眼内，他急忙拿起一看，不错的！是家书，他父亲底亲笔！他急忙拿剪裁了封口，一边心里想愿——在这封信内所封藏着的："汝妻不幸，一产病故！"

唉，没有人知道他那时底心境和急促！他抽出信纸来，目光如电闪似地读："吾儿静文：三月前汝妻安然养下一子，肥白可爱……"

"唉！"他极乐地叹息了，又极悲地笑起了。他不愿读下去了，捻着这封信，卧倒在床上，自语的，空虚而失望。

"算了算了，恋爱，幸福，美丽，梦想，一切完了！"

一九二九年六月二十一日夜

怪母亲

六十年的风吹，六十年的雨打，她底头发白了，她底脸孔皱了。

她——我们这位老母亲，辛勤艰苦了六十年，谁说不应该给她做一次热闹的寿日。四个儿子孝敬她，在半月以前。

现在，这究竟为什么呢？她病了，唉，她自己寻出病了。一天不吃饭，两天不吃饭，第三天稀稀地吃半碗粥。懒懒地睡在床上，濡濡地流出泪来，她要慢慢地饿死她自己了。

四个儿子急忙地，四个媳妇惊愕地，可是各人低着头，垂着手，走进房内，又走出房外。医生来了，一个，两个，三个，都是按着脉搏，问过症候，异口同声这么说："没有病，没有病。"

可是老母亲一天一天地更瘦了——一天一天地少吃

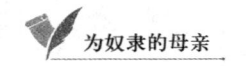

东西，一天一天地悲伤起来。

大儿子流泪的站在她床前，简直对断气的人一般说："妈妈，你为什么呢？我对你有错处吗？我妻对你有错处么？你打我几下罢！你骂她一顿罢！妈妈，你为什么要饿着不吃饭，病倒你自己呢？"

老母亲摇摇头，低声说："儿呀，不是；你俩是我满意的一对。可是我自己不愿活了，活到无可如何处，儿呀，我只有希望死了！"

"那么，"儿说，"你不吃东西，叫我们怎样安心呢？"

"是，我已吃过多年了。"

大儿子没有别的话，仍悲哀地走出房门，忙着去请医生。

可是老母亲底病一天一天地厉害了，已经不能起床了。

第二个儿子哭泣地站在她床前，求她底宽恕，说道："妈妈，你这样，我们底罪孽深重了！你养了我们四兄弟，我们都被养大了。现在，你要饿死你自己，不是我和妻等对你不好，你会这样么？但你送我到监狱去罢！送我妻回娘家去罢！你仍吃饭，减轻我们底罪孽！"

老母亲无力地摇摇头，眼也无光地眨一眨，表示不以为然，说："不是，不是，儿呀，我有你俩，我是可以瞑目了！病是我自己找到的，我不愿吃东西！我只有等待死了！"

"那么，"儿说，"你为什么不愿吃东西呢？告诉我们这理由罢。"

"是，但我不能告诉的，因为我老了！"

第二个儿子没有别的话，揩着眼泪走出门，仍忙着去请医生。

可是老母亲的病已经气息奄奄了。

第三个儿子跪在她床前，几乎咽不成声地说："妈妈，告诉我们这理由罢！使我们忏悔罢！连弟弟也结了婚，正是你老该享福的时候。你劳苦了六十年，不该再享受四十年的快乐么？你百岁归天，我们是愿意的，现在，你要饿死你自己，叫我们怎么忍受呢？妈妈，告诉我们这理由，使我们忏悔罢！"

老母亲微微地摇一摇头，极轻的说："不是，儿呀，我是要找你们底爸爸去的。"

于是第三个儿子荷荷大哭了。

"儿呀，你为什么哭呢？"

为奴隶的母亲

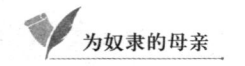

"我也想到死了几十年的爸爸了。"

"你为什么想他呢？"

儿哀咽着说："爸爸活了几十年，是毫无办法地离我们去了！留一个妈妈给我们，又苦得几十年，现在偏要这样，所以我哭了！"

老母亲伸出她枯枝似的手，摸一摸她三儿底头发，苦笑说："你无用哭，我还不会就死的。"

第三个儿子呆着没有别的话；一时，又走出门，忙着去请医生，可是医生个个推辞说："没有病；就病也不能医了。这是你们底奇怪母亲，我们底药无用的。"

四个儿子没有办法，大家团坐着愁起来，好象筹备殡事一样。于是第四个儿子慢慢走到她床前，许久许久，向他垂死的老母叫："妈妈！"

"什么？"她似乎这样问。

"也带我去见爸爸罢！"

"为什么？"她稍稍吃惊的样子。

"我活了十九岁，还没有见过爸爸呢！"

"可是你已有妻了！"她声音极低微的说。

"妻能使妈妈回复健康么？我不要妻了。"

"你错误，不要说这呆话罢。"她摇头不清楚地说。

"那妈妈究竟为什么？妈妈要自己饿死去找爸爸呢？"

"没有办法。"她微微叹息了一声。

第四个儿子发呆了，一时，又叫："妈妈！"

"什么？"她又似这样问。

"没有一点办法了么？假如爸爸知道，他也愿你这样饿死去找他么？"

老母亲沉思了一下，轻轻说："方法是有的。"

"有方法？"

第四个儿子大惊了。简直似跳地跑出房外，一齐叫了他底三个哥哥来。在他三个哥哥底后面还跟着他底三位嫂嫂和他妻，个个手脚失措一般。

"妈妈，快说罢，你要我们怎样才肯吃饭呢？"

"你们肯做么？"她苦笑地轻轻的问。

"无论怎样都肯做，卖了身子都愿意！"个个勇敢地答。

老母亲又沉想了一息，眼向他们八人望了一圈，他们围绕在她前面。她说："还让我这样死去罢！让我死去去找你们底爸爸罢！"

一边，她两眶涸池似的眼，充上泪了。

儿媳们一齐哀泣起来。

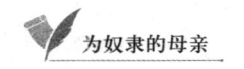

第四个儿子逼近她母亲问道:"妈妈没有对我说还有方法么?"

"实在有的,儿呀。"

"那么,妈妈说罢!"

"让我死在你们四人底手里好些。"

"不能说的吗?妈妈,你忘记我们是你底儿子了!你竟一点也不爱我们,使我们底终身,带着你临死未说出来的镣链么?"

老母亲闭着眼又沉思了一忽,说:"那先给我喝一口水罢。"

四位媳妇急忙用炉边的参汤,提在她底口边。

"你们记着罢,"老母亲说了,"孤独是人生最悲哀的!你年少时,我虽早死了你们底爸爸,可是仍留你们,我扶养,我教导,我是不感到寂寞的。以后,你们一个娶妻了,又一个娶妻了;到四儿结婚的时候,我虽表面快乐——去年底非常的快乐,而我心,谁知道难受到怎样呢?娶进了一位媳妇,就夺去了我底一个亲吻;我想到你们都有了妻以后的自己底孤独,寂寞将使我如何度日呀!而你们终究都成对了,一对一对在我眼前;你们也无用讳言,有了妻以后的人底笑声,对母亲是假的，对妻是真的。因此，我勉强的做过了六十岁的生辰，光耀过自己底脸孔，我决计自求永诀了！此后的活是累赘的，剩余的，也无聊的，你们知道。"

四个儿子与四位媳妇默然了。个个低下头，屏着呼吸，没有声响。老母亲接着说："现在，你们想救我么？方法就在这里了。"

各人底眼都关照着各人自己底妻或夫，似要看他或她说出什么话。十八岁的第四个儿子正要喊出，"那让我妻回娘家去罢！"而老母亲却先开口了："呆子们，听罢，你们快给我去找一个丈夫来，我要转嫁了！你们既如此爱你们底妈妈，那照我这一条方法救我罢，我要转嫁了。"稍稍停一忽，"假如你们认为不可，那就让我去找你们已死的父亲去罢！没有别的话了——"

六十年的风吹，六十年的雨打；她底头发白了，她底脸孔皱了！

一九二九年七月十四日夜

夜　宿

有一年冬天，我和二位朋友从三台中学回里。时候已经黄昏，我们走错了山路。山路是到处一样荒茫的，落日也自傲地径自下山去了。我们坐在一株苍霭的大树下预备将大树当作寄宿舍；拾拢枯枝来，烧它一夜的野火。

人影是还能辨别的，却辨别出人影来了。"狼么？"一位朋友玩笑说。开始是草丛中簌簌地响，终于一位约六十岁以上的老婆婆走近我们。她手里提着一只空篮，粗布衣服，又不像叫化子的样子。两眼似乎哭过，可看不清眼泪在她眼上。不知怎的，却将她这惫疲的眼钉住我们——不，还是我——不瞬地看。我们本轻轻议论将问她出路的，可是被吓住了。一位朋友有意玩笑地自语说："怎么呢？东边？西边？"可是老婆婆却不及料地战抖的走近我身边，几乎叫喊般问："你们都是人么？"

我奇怪极了！我想她定是疯婆子，在这落日后的荒山上。可是她又说："你们都是先生么？"

于是我答："迷了路的青年！"

"先生们往那里？"

"海城。"

她呆着一息，却异常和善地说："错得远了，离这里还有三十五里。先生，"她简直对我一人说，"你到我底家里住一宵罢！夜已有寒霜，山里的夜更有野兽的。"

当然，我们是跳起来地欣从了。我们稍稍怀疑："这老婆婆是怎样的人呢？"但我们互说："茅舍比树下总要安全一点。"何况各人底肚子饿，她也总得有法想——麦面或蕃薯汤，医我们底胃叫。

可是奇怪的老婆婆，她叫我们足足走了五里路，还不曾到她家。我们只记得在山上弯来弯去，绕过一丛林，又绕过一丛林。而且走上山头，又走下山头；我们底腿本来已酸软，那还经得起藜藿的刺戳呢？老婆婆飞也似的在前面引路跑，口里过一分钟说一句："近了，先生。"可是谁相信呢？简直要疑心她要卖了我们了。幸得那时土匪不和现在这么多，所以无论如何还不能说她是个土匪的奸细。

终于到了,大家安心。非但稍可安心,简直使我们非常舒适了。似小康的农家,五六间房子,修葺的整洁的,长工模样的男子两三位招待我们进去,他们个个和善的。灯并不亮,可是空气异常温暖。我们喝过热茶,各人坐着,到了自己底家一样,思想也凝固了。

老婆婆却非常忙碌,从这门进去,从那门出来,一息叫这长工到园里去拔菜,一息又叫那长工往酒店去买酒,总之,和女婿到了一样。但我们这位好探消息的朋友却轻向我说:"为什么没有一位妇人帮她底忙呢?饭烧的慢极了。"我微笑没有答。

菜蔬异常丰满,热而适口,虽则是素菜一类,却使得我们狼吞虎咽般吃。她并且坚要我们喝酒,虽则父亲告诫我,旅路上不可贪酒,可是我为兴奋自己底精神一下,终于从老婆婆手里得了解放了。我们都是陶然了,脸微微发烧,时候怕也半夜了,长工们都已睡了。老婆婆收拾了我们底饭碗以后,就叫我们去睡,可是不知什么缘故,送我两位朋友到了左边一间,却坚要我独自睡在右边的一间。我再三说,我们三人可以同在一床睡,而她竟流出眼泪地说:"先生,我不会害了你的!"

天知道,右边的一间,是她自己睡的一间!

夜　宿

　　我就跟这位慈爱的老婆婆，睡在和她底床成直角的靠窗下的一张床上。我非常狐疑——这床往常是谁睡的呢？可是老婆婆并不睡，呆坐在床上，一忽，向我问："先生在那里读书的？"

　　"三台。"我没精打采地答。

　　一息，她又问："先生的家里？"

　　我不耐烦地："父母兄弟姊妹都好的。"

　　简直不知她想起了什么，又问："先生明天就要走的么？"

　　"一早就要走。"我似乎发怒了。

　　这样，她睡下。我在青布棉被中，几乎辗转反侧了有两点钟不曾睡着。鸡叫了，远处鸡叫了——也听得老婆婆睡在她自己床上一点声音也没有——我这才恍恍惚惚地从鸡叫声里睡去。

　　可是一忽，我醒来，我疑心我底额上满是汗，我用手去揩，怪了，几乎跳起了，这是谁落在我脸上的泪，我非常惊异地昂起半身，从和萤火底光差不多的灯火中看那老婆婆，而老婆婆已不在她自己底床上了！我惊怪了，简直要叫喊出声音来。可是在窗下的一角，暗得辨别不出她底影子，她悲哀地向我说道："先生，宝贝，

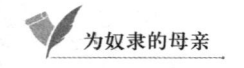

你安睡罢！"

我听她底声音，不知怎的也似心内要涌哭的样子，我问："妈妈，你为什么？"

"宝贝，你睡下罢！"

我不答，似有意要她知道我在愁闷的。

"宝贝，你睡罢！你疲倦了。"

"妈妈心里藏着什么呢？"

她却不说，向我走近来了。天呀，我衰弱的神经又疑心这老婆婆是真的有些发疯的了！

"妈妈，你为什么？"我稍重的又同样问一句。可是这时我瞧见她底眼泪是和冰冻一般挂在她眼上。于是我坐起，垂下头。

"宝贝，你要受寒的呢！"

她底声音颤动地。我问："你为什么这样叫我？"

她一时没有答。我心里是胡思乱想，可是找不到一点头绪。许久，听她说道："让我这样叫你一回罢！我失去我永久的宝贝了！我是曾经有过一个宝贝，似你一样的！"

我这才明白了！从最初路里注意看我起，一直到那时，我明白她全部待我的意义了。这时，我才伸出手，怜悯地执着她底。我没有话,她却不叫我睡,竟呜咽地拥抱起我,紧紧地拥抱起我,恰似我是她失去的宝贝的获得,将头伏在我肩上,许久许久。她不哭了,她对我温和地,简直似母亲般地说:"孩子,睡下去罢,我要使你受凉了。"

我仍没有话,因我不知道说句什么安慰她好。于是我给她扶着睡下了。

我一时睡不着,终于以走了一天旅路的疲倦关系,或者也因为她究竟不是我自己底母亲,所以亦不知什么时候,仍睡去了。

天大亮,醒来。朋友们在窗外讲话,讲的是山里的竹和小鸟。我擦一擦眼,就先看床上的老婆婆,可是床空着,她不在了。亦不知她什么时候出去,昨夜一夜,她有否睡过。我急忙起来,扣好衣服,开出门,迎着朋友,问好了一下。于是朋友们去找老婆婆,要告别,可是老婆婆不见了。一位长工对我们说,同时眼睛瞧着我,我难以为情地转过脸了。他说:"她大概到她儿子那里去了。她有过一个儿子,很好的,今年十六岁,春间,死去了。现在,她时常到她儿子坟上那里去,哭一场。昨晚遇见你们,她就从那里回来。此刻怕又到那里

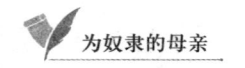

去了,先生们随便走罢!"

两位朋友摇摇头,表示悲哀。一边就拿出八角钱,送给他们,算当昨夜的饭费。长工们再三不肯受,我们终于放着,走出来了。

我心里记念着老婆婆,想对她告别一声,可是没处找她了。

一路走,我没有话,虽则朋友逗我说,我仍没有话。

一年后,我偶然遇着一位住这山村的乡人,打听她底消息,可是据说她早已死了,简直和死在我这经过以前一样。

一九二九年七月十八日夜

为奴隶的母亲

她底丈夫是一个皮贩,就是收集乡间各猎户底兽皮和牛皮贩到大埠上出卖的人。但有时也兼做点农作,忙种的时节,便帮人家插秧,他能将每行插得非常直,假如有五人同在一坵水田内,他们一定叫他站在第一个做标准。然而境况总是不佳,债是年年积起来了。他大约就因为境况的不佳,烟也吸了,酒也喝了,博也赌起来了。这样,竟使他变做一个非常凶狠而暴躁的男子,但也就更贫穷下去,连小小的移借,别人也不敢答应了。

在穷底结果的病以后,全身便变成枯黄色,脸孔黄的和小铜鼓一样,连眼白也黄了。别人说他是黄胆病,孩子们也就叫他"黄胖"了。有一天,他向他底妻说:

"再也没有办法了,这样下去,连小锅子也都卖去了。我想,还是从你底身上设法罢。你跟着我挨饿,有什么办法呢?"

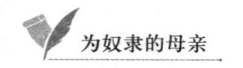

"我底身上?……"

他底妻坐在灶后,怀里抱着她底刚满三周的男小孩——孩子还在啜着奶,她讷讷地低声地问。

"你,是呀,"她底丈夫病后的无力的声音,"我已经将你出典了……"

"什么呀?"他底妻几乎昏去似的。

屋内是稍稍静寂了一息。他气喘着说:"三天前,王狼来坐讨了半天的债回去以后,我也跟着他去,走到了九亩潭边,我很不想要做人了。但是坐在那株爬上去一纵身就可落在潭里的树下,想来想去,总没有力气跳了。猫头鹰在耳朵边不住地啭,我底心被它叫寒起来,我只得回转身,但在路上遇见了沈家婆,她问我,晚也晚了,在外做什么。我就告诉她,请她代我借一笔款,或向什么人家的小姐借些衣服或首饰去暂时当一当,免得王狼底狼一般的绿眼睛天天在家里闪烁。可是沈家婆向我笑道:'你还将妻养在家里做什么呢,你自己黄也黄到这个地步了?'

我低着头站在她面前没有答,她又说:'儿子呢,你只有一个,舍不得。但妻——'

我当时想:'莫非叫我卖去妻么?'

而她继续道:'但妻——虽然是结发的,穷了,也没有法。还养在家里做什么呢?'

这样,她就直说出:有一个秀才,因为没有儿子,年纪已五十岁了,想买一个妾;又因他底大妻不允许,只准他典一个,典三年或五年,叫我物色相当的女人:年纪约三十岁左右,养过两三个儿子的,人要稳重老诚,又肯做事,还要对他底大妻肯低眉下首。这次是秀才娘子向我说的,假如条件合,肯出八十元或一百元的身价。我代她寻了好几天,总没有相当的女人。她说:现在碰到我,想起了你来,样样都对的。当时问我底意见怎样,我一边掉了几滴泪,一边却被她说的答应她了。"

说到这里,他垂下头,声音很低弱,停止了。他底妻简直痴似的,话一句没有。又静寂了一息,他继续说:"昨天,沈家婆到过秀才底家里,她说秀才很高兴,秀才娘子也喜欢,钱是一百元,年数呢,假如三年养不出儿子是五年。沈家婆并将日子也拣定了——本月十八,五天后。今天,她写典契去了。"

这时,他底妻简直连腑脏都颤抖,吞吐着问:"你为什么早不对我说?"

"昨天在你底面前旋了三个圈子,可是对你说不

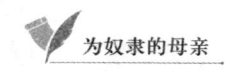

出，不过我仔细想，除出将你底身子设法外，再也没有办法了。"

"决定了么？"妇人战着牙齿问。

"只待典契写好。"

"倒霉的事情呀，我！一点也没有别的方法了么？春宝底爸呀！"春宝是她怀里的孩子底名字。

"倒霉，我也想到过，可是穷了，我们又不肯死，有什么办法？今年，我怕连插秧也不能插了。"

"你也想到过春宝么？春宝还只有五岁，没有娘，他怎么好呢？"

"我领他便了。本来是已经断了奶的孩子。"

他似乎渐渐发怒了。也就走出门外去了。她，却呜呜咽咽地哭起来。

这时，在她过去的回忆里，却想起恰恰一年前的事：那时她生下了一个女儿，她简直如死去一般地卧在床上。死还是整个的，她却肢体分作四碎与五裂。刚落地的女婴，在地上的干草堆上叫，"呱呀，呱呀"，声音很重的，手脚揪缩。脐带绕在她底身上，胎盘落在一边，她很想挣扎起来给她洗好，可是她底头昂起来，身子凝滞在床上。这样，她看见她底丈夫，这个凶狠的男子，飞红着脸，提了一桶沸水到女婴的旁边。她简直用了她一生底最后的力向他喊："慢！慢……"但这个病前极凶狠的男子，没有一分钟商量的余地，也不答半句话，就将"呱呀，呱呀"声音很重地在叫着的女儿，刚出世的新生命，用他底粗暴的两手捧起来，如屠户捧了将杀的小羊一般，扑通，投下在沸水里了！除出沸水的溅声和皮肉吸收沸水的嘶声以外，女孩一声也不喊——她疑问地想，为什么也不重重地哭一声呢？竟这样不响地愿意的冤枉的死去么？啊！——她转念，那是因为她自己当时昏过去的缘故，她当时似剜去了心一般地昏去了。

想到这里，似乎泪竟干涸了。"唉！苦命呀！"她低低地叹息了一声。这时春宝拔去了奶头，向他底母亲的脸上看，一边叫："妈妈！妈妈！"

在她将离别底前一晚，她拣了房子底最黑暗处坐着。一盏油灯点在灶前，萤火那么的光亮。她，手里抱着春宝，将她底头贴在他底头发上。她底思想似乎浮漂在极远，可是她自己捉摸不定远在那里。终于是它慢慢地跑回来，跑到眼前，跑到她底孩子底身上。她向她底

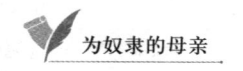

孩子低声叫:"春宝,宝宝!"

"妈妈。"孩子含着奶头答。

"妈妈明天要去了……!"

"唔。"孩子似不十分懂得,本能地将头钻进他母亲底胸膛。

"妈妈不回来了,三年内不能回来了!"

她擦一擦眼睛,孩子放松口子问:"妈妈那里去呢?庙里么?"

"不是,三十里路外,一家姓李的。"

"我也去。"

"宝宝去不得的。"

"呃!"孩子反抗地,又吸着并不多的奶。

"你跟爸爸在家里,爸爸会照料宝宝的:同宝宝睡,也带宝宝玩,你听爸爸底话好了。过三年……"

她没有说完,孩子要哭似地说:"爸爸要打我的!"

"爸爸不再打你了。"同时用她底左手抚摸着孩子底右额,在这上,有他父亲在杀死他刚生下的妹妹后第三天,用锄柄敲他,肿起而又平复了的伤痕。

她似要还想对孩子说话,她底丈夫踏进门了。他走到她底面前,一只手放在袋里,掏取着什么,一边说:"钱已经拿来七十元了。还有三十元要等你到了后十天付。"

停了一息说:"也答应轿子来接。"

又停了一息:"也答应轿夫一早吃好早饭来。"

这样,他离开了她,又向门外走出去了。

这一晚,她和她底丈夫都没有吃晚饭。

第二天,春雨竟滴滴淅淅地落着。

轿是一早就到了。可是这妇人,她却一夜不曾睡。她先将春宝底几件破衣服都修补好;春将完了,夏将到了,可是她,连孩子冬天用的破烂棉袄都拿出来,移交给他底父亲——实在,他已经在床上睡去了。以后,她坐在他底旁边,想对他说几句话,可是长夜是迟延着过去,她底话一句也说不出。而且,她大着胆向他叫了几声,发了几个听不清楚的音,声音在他底耳外,她也就睡下不说了。

等她朦朦胧胧地离却思索将要睡去,春宝又醒了。他就推叫他底母亲,要起来。以后当她给他穿衣服的时候,向他说:"宝宝好好地在家里,不要哭,免得你爸爸打你。以后妈妈常买糖果来,买给宝宝吃,宝宝不要

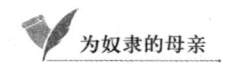

哭。"

而小孩子竟不知道悲哀是什么一回事,张大口子"唉,唉"的唱起来了。她在他底唇边吻了一吻,又说:"不要唱,你爸爸被你唱醒了。"

轿夫坐在门首的板凳上,抽着旱烟,说着他们自己要听的话。一息,邻村的沈家婆也赶到了。一个老妇人,熟识世故的媒婆,一进门,就拍拍她身上的雨点,向他们说:"下雨了,下雨了,这是你们家里此后会有滋长的预兆。"

老妇人忙碌似的在屋内旋了几个圈,对孩子底父亲说了几句话,意思是讨酬报。因为这件契约之能订的如此顺利而合算,实在是她底力量。

"说实在话,春宝底爸呀,再加五十元,那老头子可以买一房妾了。"她说。

于是又转向催促她——妇人却抱着春宝,这时坐着不动。老妇人声音很高地:"轿夫要赶到他们家里吃中饭的,你快些预备走呀!"

可是妇人向她瞧了一瞧,似乎说:"我实在不愿离开呢!让我饿死在这里罢!"

声音是在她底喉下,可是媒婆懂得了,走近到她前面，迷迷地向她笑说："你真是一个不懂事的丫头，黄胖还有什么东西给你呢？那边真是一份有吃有剩的人家，两百多亩田，经济是宽裕，房子是自己底，也雇着长工养着牛。大娘底性子是极好的，对人非常客气，每次看见人总给人一些吃的东西。那老头子——实在并不老，脸是很白白的，也没有留胡子，因为读了书，背有些偻偻的，斯文的模样。可是也不必多说，你一走下轿就看见的，我是一个从不说谎的媒婆。"

妇人拭一拭泪，极轻的："春宝……我怎么能抛开他呢！"

"不用想到春宝了，"老妇人一手放在她底肩上，脸凑近她和春宝，"有五岁了，古人说：'三周四岁离娘身。'可以离开你了。只要你底肚子争气些，到那边，也养下一二个来，万事都好了。"

轿夫也在门首催起身了，他们噜苏着说："又不是新娘子，啼啼哭哭的。"

这样，老妇人将春宝从她底怀里拉去，一边说："春宝让我带去罢。"

小小的孩子也哭了，手脚乱舞的，可是老妇人终于给他抱到小门外去。当妇人走进轿门的时候，向他们

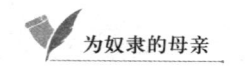

说:"带进屋里来罢,外边有雨呢。"

她底丈夫用手支着头坐着,一动没有动,而且也没有话。

两村的相隔有三十里路,可是当轿夫的第二次将轿子放下肩时,就到了。春天的细雨,从轿子底布篷里飘进,吹湿了她底衣衫。一个脸孔肥肥的,两眼很有心计的约摸五十四五岁的老妇人来迎她,她想:这当然是大娘了。可是只向她满面羞涩地看一看,并没有叫。她很亲昵似地将她牵上沿阶,一个长长的瘦瘦的而面孔圆细的男子就从房里走出来。他向新来的少妇,仔细地瞧了瞧,堆出满脸的笑容来,向她问:"这么早就到了么?可是打湿你底衣裳了。"

而那位老妇人,却简直没有顾到他底说话,也向她问:"还有什么在轿里么?"

"没有什么了。"少妇答。

几位邻舍的妇人站在大门外,探头张望的;可是她们走进屋里面了。

她自己也不知道这究竟为什么,她底心老是挂念着她底旧的家,掉不下她底春宝。这是真实而明显的,她应庆祝这将开始的三年的生活——这个家庭，和她所典给他的丈夫，都比曾经过去的要好，秀才确是一个温良和善的人，讲话是那么的低声，连大娘，实在也是一个出乎意料之外的妇人，她底态度之殷勤，和滔滔的一席话：说她和她丈夫底过去的生活之经过，从美满而漂亮的结婚生活起，一直到现在，中间的三十年。她曾做过一次的产，十五六年以前了，养下一个男孩子，据她说，是一个极美丽又极聪明的婴儿，可是不到十个月，竟患了天花死去了。这样，以后就没有再养过第二个。在她底意思中，似乎——似乎——早就叫她底丈夫娶一房妾。可是他，不知是爱她呢，还是没有相当的人——这一层她并没有说清楚：于是，就一直到现在。这样，竟说得这个具着朴素的心地的她，一时酸，一会苦，一时甜上心头，一时又咸的压下去了。最后，这个老妇人并将她底希望也向她说出来了。她底脸是娇红的，可是老妇人说："你是养过三四个孩子的女人了，当然，你是知道什么的，你一定知道的还比我多。"

这样，她说着走开了。

当晚，秀才也将家里底种种情形告诉她，实际，不过是向她夸耀或求媚罢了。她坐在一张橱子的旁边，这

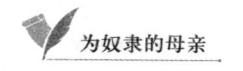

样的红的木橱,是她旧的家所没有的,她眼睛白晃晃地瞧着它。秀才也就坐到橱子底面前来,问她:"你叫什么名字呢?"

她没有答,也并不笑,站起来,走到床底前面,秀才也跟到床底旁边,带笑地问她:"怕羞么?哈,你想你底丈夫么?哈,哈,现在我是你底丈夫了。"声音是轻轻的,又用手去牵着她底袖子。"不要愁罢!你也想你底孩子的,是不是?不过——"

他没有说完,却又哈的笑了一声,他自己脱去他外面的长衫了。

她可以听见房外的大娘底声音在高声地骂着什么人,她一时听不出在骂谁,骂烧饭的女仆,又好像在骂她自己,可是因为她底怨恨,仿佛又是为她而发的。秀才在床上叫道:"睡罢,她常是这么噜噜苏苏的。她以前很爱那个长工,因为长工要和烧饭的黄妈多说话,她却常要骂黄妈的。"

日子是一天天地过去了。旧的家,渐渐地在她底脑子里疏远了,而眼前,却一步步地亲近她使她熟悉。虽则,春宝底哭声有时竟在她底耳朵边响,梦中,她有几次的遇到过他了。可是梦是一个比一个缥缈，眼前的事务是一天比一天繁多。她知道这个老妇人是猜忌多心的，外表虽则对她还算大方，可是她底嫉妒的心是和侦探一样，监视着秀才和她的一举一动。有时，秀才从外面回来，先遇见了她而同她说话，老妇人就疑心有什么特别的东西买给她了，非在当晚，将秀才叫到她自己底房内去，狠狠地训斥一番不可。"你给狐狸迷着了么？""你应该称一称你自己底老骨头是多少重！"像这样的话，她耳闻到不止一次了。这样以后，她望见秀才从外面回来而旁边没有她坐着的时候，就非得急忙避开不可。即使她在旁边，有时也该让开一些，但这种动作，她要做的非常自然，而且不能让旁人看出，否则，她又要向她发怒，说是她有意要在旁人的前面暴露她大娘底丑恶。而且以后，竟将家里的许多杂务都堆积在她底身上，同一个女仆那么样。她还算是聪明的，有时老妇人底换下来的衣服放着，她也给她拿去洗了，虽然她说："我底衣服怎么要你洗呢？就是你自己底衣服，也可叫黄妈洗的。"可是接着说："妹妹呀，你最好到猪栏里去看一看，那两只猪为什么这样呜呜叫的，或者因为没有吃饱罢，黄妈总是不肯给它吃饱的。"

为奴隶的母亲

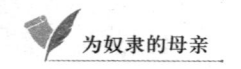

八个月了,那年冬天,她底胃却起了变化:老是不想吃饭,想吃新鲜的面、番薯等。但番薯或面吃了两餐,又不想吃,又想吃馄饨,多吃又要呕。而且还想吃南瓜和梅子——这是六月的东西,真稀奇,向那里去找呢?秀才是知道在这变化中所带来的预告了。他镇日的笑微微,能找到的东西,总忙着给她找来。他亲身给她到街上去买橘子,又托便人买了金柑来。他在廊沿下走来走去,口里念念有词的,不知说什么。他看她和黄妈磨过年的粉,但还没有磨到三升,就向她叫:"歇一歇罢,长工也好磨的,年糕是人人要吃的。"

有时在夜里,人家谈着话,他却独自拿了一盏灯,在灯下,读起《诗经》来了:

　　关关雎鸠,

　　在河之洲,

　　窈窕淑女,

　　君子好逑——

这时长工向他问:"先生,你又不去考举人,还读它做什么呢?"

他却摸一摸没有胡子的口边,怡悦地说道:"是呀,你也知道人生底快乐么?所谓:'洞房花烛夜,金榜挂名时。'你也知道这两句话底意思么?这是人生底最快乐的两件事呀!可是我对于这两件事都过去了,我却还有比这两件更快乐的事呢!"

这样,除出他底两个妻以外,其余的人们都大笑了。

这些事,在老妇人眼睛里是看得非常气恼了。她起初闻到她底受孕也欢喜,以后看见秀才的这样奉承她,她却怨恨她自己肚子底不会还债了。有一次,次年三月了,这妇人因为身体感觉不舒服,头有些痛,睡了三天。秀才呢,也愿她歇息歇息,更不时的问她要什么,而老妇人却着实地发怒了。她说她装娇,噜噜苏苏的也说了三天。她先是恶意地讥嘲她:说是一到秀才底家里就高贵起来了,什么腰酸呀,头痛呀,姨太太的架子都摆出来了;以前在她自己底家里,她不相信她有这样的娇养,恐怕竟和街头的癞狗一样,肚子里有着一肚皮的小狗,临产了,还要到处的奔求着食物。现在呢,因为"老东西"——这是秀才的妻叫秀才的名字——趋奉了她,就装着娇滴滴的样子了。

"儿子,"她有一次在厨房里对黄妈说,"谁没有养

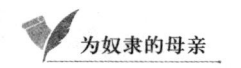

过呀?我也曾有过十个月的孕,不相信有这么的难受。而且,此刻的儿子,还在'阎罗王的簿里',谁保的定生出来不是一只癞虾蟆呢?也等到真的'鸟儿'从洞里钻出来看见黑白了,才可在我底面前显威风,摆架子,此刻,不过是一块血的猫头鹰,就这么的装腔,也显得太早一点!"

当晚这妇人没有吃晚饭,这时她已经睡了,听了这一番婉转的冷嘲与热骂,她呜呜咽咽地低声哭泣了。秀才也带衣服坐在床上,听到浑身透着冷汗,发起抖来。他很想扣好衣服,重新走起来,去打她一顿,抓住她底头发狠狠地打她一顿,泄泄他一肚皮的气。但不知怎样,似乎没有力量,连指也颤动,臂也酸软了,一边轻轻地叹息着说:"唉,一向实在太对她好了。结婚了三十年,没有打过她一掌,简直连指甲都没有弹到她底皮肤上过,所以今日,竟和娘娘一般地难惹了。"

同时,他爬过到床底那端,她底身边,向她耳语说:"不要哭罢,不要哭罢,随她吠去好了!她是阉过的母鸡,看见别人的孵卵是难受的。假如你这一次真能养出一个男孩子来,我当送你两样宝贝——我有一只青玉的戒指,一只白玉的……"

他没有说完，可是他忍不住听下门外的他底大妻底喋喋的讥笑的声音，他急忙地脱去了衣服，将头钻进被窝里去，凑向她底胸腔，一边说："我有白玉的……"

肚子一天天地膨胀的如斗那么大，老妇人终究也将产婆婆定了，而且在别人的面前，竟拿起花布来做婴儿用的衣服。

酷热的暑天到了尽头，旧历的六月，他们在希望的眼中过去了。秋开始，凉风也拂拂地在乡镇上吹送。于是有一天，这全家的人们都到了希望底最高潮，屋里底空气完全地骚动起来。秀才底心更是异常的紧张，他在天井上不断地徘徊，手里捧着一本历书，好似要读它背诵那么的念去——"戊辰""甲戌""壬寅"，老是反覆地轻轻地说着。有时他底焦急的眼光向一间关了窗的房子望去——在这间房子内是有产母底低声呻吟的声音；有时他向天上望一望被云笼罩着的太阳，于是又走向房门口，向站在房门内的黄妈问："此刻如何？"

黄妈不住地点着头不做声响，一息，答："快下来了，快下来了。"

于是他又捧了那本历书，在廊下徘徊起来。

这样的情形，一直继续到黄昏底青烟在地面起来，

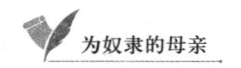

灯火一盏盏的如春天的野花般在屋内开起,婴儿才落地了,是一个男的。婴儿的声音是很重地在屋内叫,秀才却坐在屋角里,几乎快乐到流出眼泪来了。全家的人都没有心思吃晚饭,在平淡的晚餐席上,秀才底大妻向用人们说道:"暂时瞒一瞒罢,给小猫头避避晦气;假如别人问起,也答养一个女的好了。"

他们都微笑地点点头。

一个月以后,婴儿底白嫩的小脸孔,已在秋天底阳光里照耀了。这个少妇给他哺着奶,邻舍的妇人围着他们瞧,有的称赞婴儿底鼻子好,有的称赞婴儿底口子好,有的称赞婴儿底两耳好;更有的称赞婴儿底母亲,也比以前好,白而且壮了。老妇人却正和老祖母那么的吩咐着,保护着,这时开始说:"够了,不要弄他哭了。"

关于孩子底名字,秀才是煞费苦心地想着,但总想不出一个相当的字来。据老妇人底意见,还是从"长命富贵"或"福禄寿喜"里拣一个字,最好还是"寿"字或与"寿"同意义的字,如"其颐""彭祖"等。但秀才不同意,以为太通俗,人云亦云的名字。于是翻开了《易经》《书经》,向这里面找,但找了半月,一月,还没有恰贴的字。在他底意思:以为在这个名字内,一边要祝福孩子,一边要包含他底老而得子底蕴义,所以竟不容易找。这一天,他一边抱着三个月的婴儿,一边又向书里找名字,戴着一副眼镜,将书递到灯底旁边去。婴儿底母亲呆呆地坐在房内底一边,不知思想着什么,却忽然开口说道:"我想,还是叫他'秋宝'罢。"屋内的人们底几对眼睛都转向她,注意地静听着:"他不是生在秋天吗?秋天的宝贝——还是叫他'秋宝'罢。"

秀才呆了一息,立刻接着说道:"是呀,我真煞费心思了。我年过半百,实在到了人生的秋期;孩子也正养在秋天。'秋'是万物成熟的季节,秋宝,实在是一个很好的名字呀!而且《书经》里没有载着么?'乃亦有秋',我真乃亦有'秋'了!"

接着,又称赞了一通婴儿的母亲:说是呆读书实在无用,聪明是天生的。这些话,说的这妇人连坐着都觉得局促不安,垂下头,苦笑地又含泪的想:"我不过因'春宝'想到罢了。"

秋宝是天天成长的非常可爱地离不开他底母亲了。他有出奇的大的眼睛,对陌生人是不倦地注视地瞧着,但对他底母亲,却远远地一眼就知道了。他整天地抓住

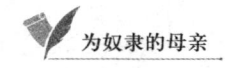

了他底母亲,虽则秀才是比她还爱他,但不喜欢父亲。秀才底大妻呢,表面也爱他,似爱她自己亲生的儿子一样,但在婴儿底大眼睛里,却看她是陌生人,也用奇怪的不倦的视法。可是他的执住他底母亲愈紧,而他底母亲离开这家的日子也愈近了。春天底口子咬住了冬天底尾巴;而夏天底脚又常是紧随着在春天底身后的。这样,谁都将孩子底母亲底三年快到的问题横放在心头上。

秀才呢,因为爱子的关系,首先向他底大妻提出来了:他愿意再拿出一百元钱,将她永远买下来。可是他底大妻底回答是:"你要买她,那先给我药死罢!"

秀才听到这句话,气的只向鼻孔放出气,许久没有说;以后,他反而做着笑脸的:"你想想孩子没有娘……?"

老妇人也尖利地冷笑地说:"我不好算是他底娘么?"

在孩子底母亲的心呢,却正矛盾着这两种的冲突了:一边,她底脑里老是有"三年"这两个字,三年是容易过去的,于是她底生活便变做在秀才底家里底用人似的了。而且想象中的春宝,也同眼前的秋宝一样活泼可爱,她既舍不得秋宝,怎么就能舍得掉春宝呢?可是另一边，她实在愿意永远在这新的家里住下去，她想，春宝的爸爸不是一个长寿的人，他底病一定是在三五年之内要将他带走到不可知的异国里去的。于是，她便要求她底第二个丈夫，将春宝也领过来，这样，春宝也在她底眼前。

有时，她倦坐在房外的沿廊下，初夏的阳光，异常地能令人昏朦的起幻想，秋宝睡在她底怀里，含着她底乳，可是她觉得仿佛春宝同时也站在她底旁边，她伸出手去也想将春宝抱近来，她还要对他们兄弟两人说几句话，可是身边是空空的。

在身边的较远的门口，却站着这位脸孔慈善而眼睛凶毒的老妇人，目光注视着她。这样，她也恍恍惚惚地敏悟："还是早些脱离罢，她简直探子一样地监视着我了。"可是忽然怀内的孩子一叫，她却又什么也没有的只剩着眼前的事实来支配她了。

以后，秀才又将计划修改了一些，他想叫沈家婆来，叫她向秋宝底母亲底前夫去说，他愿否再拿进三十元——最多是五十元，将妻续典三年给秀才。秀才对他底大妻说："要是秋宝到五岁，是可以离开娘了。"

他底大妻正是手里捻着念佛珠，一边在念着"南无

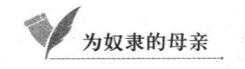

阿弥陀佛"，一边答："她家里也还有前儿在，你也应放她和她底结发夫团聚一下罢。"

秀才低着头，断断续续地仍然这样说："你想想秋宝两岁就没有娘……"

可是老妇人放下念佛珠说："我会养的，我会管理他的，你怕我谋害了他么？"

秀才一听结末一句话，就拔步走开了。老妇人仍在后面说："这个儿子是帮我生的，秋宝是我底；绝种虽然是绝了你家底种，可是我却仍然吃着你家底饭。你真被迷了，老昏了，一点也不会想了。你还有几年好活，却要拼命拉她在身边？双连牌位，我是不愿意坐的！"

老妇人似乎还有许多刻毒的锐利的话，可是秀才远远的走开听不见了。

在夏天，婴儿底头上生了一个疮，有时身体稍稍发些热，于是这位老妇人就到处的问菩萨，求佛药，给婴儿敷在疮上，或灌下肚里，婴儿的母亲觉得并不十分要紧，反而使这样小小的生命哭成一身的汗珠，她不愿意，或将吃了几口的药暗地里拿去倒掉了。于是这位老妇人就高声叹息，向秀才说："你看，她竟一点也不介意他底病，还说孩子是并不怎样瘦下去。爱在心里的是深的；专疼表面是假的。"

这样，妇人只有暗自挥泪，秀才也不说什么话了。

秋宝一周纪念的时候，这家热闹的排了一天的酒筵，客人也到了三四十，有的送衣服，有的送面，有的送银制的狮头，给婴儿挂在胸前的，有的送镀金的寿星老头儿，给孩子钉在帽上的，许多礼物，都在客人底袖子里带来了。他们祝福着婴儿的飞黄腾达，赞颂着婴儿的长寿永生。主人底脸孔，竟是荣光照耀着，有如落日的云霞反映着在他底颊上似的。

可是在这天，正当他们筵席将举行的黄昏时，来了一个客，从朦胧的暮光中向他们底天井走进，人们都注意他：一个憔悴异常的乡人，衣服补衲的，头发很长，在他底腋下，挟着一个纸包。主人骇异地迎上前去，问他是那里人，他口吃吃的答了，主人一时糊涂的，但立刻明白了，就是那个皮贩。主人更轻轻地说："你为什么也送东西来呢？你真不必的呀！"

来客胆怯地向四周看看，一边答说："要，要的……我来祝祝这个宝贝长寿千……"

他是没有说完，一边将腋下的纸包打开来了，手指颤动的打开了两三重的纸，于是拿出四只铜制镀银的

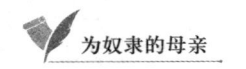

字,一方寸那么大,是"寿比南山"四字。

秀才的大娘走来了,向他仔细一看,似乎不大高兴。秀才却将他招待到席上,客人们互相私语着。

两点钟的酒与肉,将人们弄得胡乱与狂热了:他们高声猜着拳,用大碗盛着酒互相比赛,闹得似乎房子都被震动了。只有那个皮贩,他虽然也喝了两杯酒,可是仍然坐着不动,客人们也不招呼他。等到兴尽了,于是各人草草地吃了一碗饭,互祝着好话,从两两三三的灯笼光影中,走散了。

而皮贩,却吃到最后,用人来收拾羹碗了,他才离开了桌,走到廊下的黑暗处。在那里,他遇见了他底被典的妻。

"你也来做什么呢?"妇人问,语气是非常凄惨的。

"我那里又愿意来,因为没有法子。"

"那末你为什么来的这样晚?"

"我那里有买礼物的钱呀?!奔跑了一上午,哀求了一上午,又到城里买礼物,走得乏了,饿了,也迟了。"

妇人接着问:"春宝呢?"

男子沉吟了一息答:"所以,我是为春宝来的。……"

"为春宝来的?"妇人惊异地回音似的问。

男人慢慢地说:"从夏天来,春宝是瘦的异样了。到秋天,竟病起来了。我又那里有钱给他请医生吃药,所以现在,病是更厉害了!再不想法救救他,眼见得要死了!"静寂了一刻,继续说:"现在,我是向你来借钱的……"

这时妇人底胸膛内,简直似有四五只猫在抓她,咬她,咀嚼着她底心脏一样。她恨不得哭出来,但在人们个个向秋宝祝颂的日子,她又怎么好跟在人们底声音后面叫哭呢?她吞下她底眼泪,向她底丈夫说:"我又那里有钱呢?我在这里,每月只给我两角钱的零用,我自己又那里要用什么,悉数补在孩子底身上了。现在,怎么好呢?"

他们一时没有话,以后,妇人又问:"此刻有什么人照顾着春宝呢?"

"托了一个邻舍。今晚,我仍旧想回家,我就要走了。"

他一边说着,一边揩着泪。女的同时硬咽着说:"你等一下罢,我向他去借借看。"

她就走开了。

三天以后的一天晚上,秀才忽然问这妇人道:"我

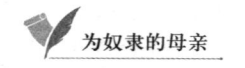

给你的那只青玉戒指呢？"

"在那天夜里，给了他了。给了他拿去当了。"

"没有借你五块钱么？"秀才愤怒的。

妇人低着头停了一息答："五块钱怎么够呢！"

秀才接着叹息说："总是前夫和前儿好，无论我对你怎么样！本来我很想再留你两年的，现在，你还是到明春就走罢！"

女人简直连泪也没有的呆着了。

几天后，他还向她那么的说："那只戒指是宝贝，我给你是要你传给秋宝的，谁知你一下就拿去当了！幸得她不知道，要是知道了，有三个月好闹了！"

妇人是一天天地黄瘦了。没有精彩的光芒在她底眼睛里起来，而讥谈与冷骂的声音又充塞在她底耳内了。她是时常记念着她底春宝的病的，探听着有没有从她底本乡来的朋友，也探听着有没有向她底本乡去的便客，她很想得到一个关于"春宝的身体已复原"的消息，可是消息总没有；她也想借两元钱或买些糖果去，方便的客人又没有，她不时的抱着秋宝在门首过去一些的大路边，眼睛望着来和去的路。这种情形却很使秀才底大妻不舒服了，她时常对秀才说："她那里愿意在这里呢，她是极想早些飞回去的。"

有几夜,她抱着秋宝在睡梦中突然喊起来,秋宝也被吓醒,哭起来了。秀才就追逼地问:"你为什么?你为什么?"

可是女人拍着秋宝,口子哼哼没有答。秀才继续说:"梦着你底前儿死了么,那么地喊?连我都被你叫醒了。"

女人急忙地一边答:"不,不,……好像我底前面有一圹新坟呢!"

秀才没有再讲话,而悲哀的幻像更在女人底前面展现开来,似她自己要走向这坟去。

冬末了,催离别的小鸟,已经到她底窗前不住地叫了。先是孩子断了奶,又叫道士们来给孩子渡了一个关,于是孩子和他亲生的母亲的别离——永远的别离的运命就被决定了。

这一天,黄妈先悄悄地向秀才的大妻说:"叫一顶轿子送她去么?"

秀才的大妻还是手里捻着念佛珠说:"走走好罢,到那边轿钱是那边付的,她又那里有钱呢,听说她底亲夫连饭也没得吃,她不必摆阔了。路也不算远,我也

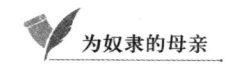

是曾经走过三四十里路的人,她底脚比我大,半天可以到了。"

这天早晨当她给秋宝穿衣服的时候,她底泪如溪水那么地流下,孩子向她叫:"婶婶,婶婶。"——因为老妇人要他叫她自己是"妈妈",只准叫她是"婶婶"——她向他咽咽地答应。她很想对他说几句话,意思是:"别了,我底亲爱的儿子呀!你底妈妈待你是好的,你将来也好好地待还她罢,永远不要再记念我了!"

可是她无论怎样也说不出。她也知道一周半的孩子是不会了解她底话的。

秀才悄悄地走向她,从她背后的腋下伸进手来,在他底手内是十枚双毫角子,一边轻轻说:"拿去罢,这两块钱。"

妇人扣好孩子底钮扣,就将角子塞在怀内的衣袋里。

老妇人又进来了,注意着秀才走出去的背后,又向妇人说:"秋宝给我抱去罢,免得你走时他哭。"

妇人不做声响,可是秋宝总不愿意,用手不住地拍在老妇人底脸上。于是老妇人生气地又说:"那末你同他去吃早饭去罢,吃了早饭交给我。"

黄妈拼命地劝她多吃饭,一边说:"半月来你就这样了,你真比来的时候还瘦了。你没有去照照镜子。今天,吃一碗下去罢,你还要走三十里路呢。"

她只不关紧要地说了一句:"你对我真好!"

但是太阳是升的非常高了,一个很好的天气,秋宝还是不肯离开他底母亲,老妇人便狠狠地将他从她怀里夺去,秋宝用小小的脚踢在老妇人底肚子上,用小小的拳头搔住她底头发,高声呼喊地。妇人在后面说:"让我吃了中饭去罢。"

老妇人却转过头,汹汹地答:"赶快打起你底包袱去罢,早晚总有一次的!"

孩子底哭声便在她底耳内渐渐远去了。

打包裹的时候,耳内是听着孩子的哭声。黄妈在旁边,一边劝慰着她,一边却看她打进什么去。终于,她挟着一只旧的包裹走了。

她离开他底大门时,听见她底秋宝的哭声;可是慢慢地远远地走了三里路了,还听见她底秋宝的哭声。

暖和的太阳所照耀的路,在她底面前竟和天一样无穷止的长。当她走到一条河边的时候,她很想停止她底那么无力的脚步,向明澈可以照见她自己底身子的水底跳下去了。但在水边坐了一回之后,她还得依前去的方

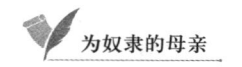

向,移动她自己底影子。

太阳已经过午了,一个村里的年老的乡人告诉她,路还有十五里,于是她向那个老人说:"伯伯,请你代我就近叫了一顶轿子罢,我是走不回去了!"

"你是有病的么?"老人问。

"是的。"

她那时坐在村口的凉亭里面。

"你从那里来?"

妇人静默了一时答:"我是向那里去的;早晨我以为自己会走的。"

老人怜悯地也没有多说话,就给她找了两位轿夫,一顶没篷的轿。那时是下秧的时节。

下午三四时的样子,一条狭窄而污秽的乡村小街上,抬过了一顶没篷的轿子,轿里躺着一个脸色枯萎如同一张干瘪的黄菜叶一样的中年妇人,两眼朦胧颓唐地闭着。嘴里的呼吸只有微弱的吐出。街上的人们个个睁着惊异的目光,怜悯地凝视着过去。一群孩子们,争噪地跟在轿后,好像一件奇异的事情落到这沉寂的小村镇里来了。

春宝也是跟在轿后的孩子们中底一个,他还在似赶猪么地哗着轿走，可是当轿子一转一个弯，却是向他底家里去的路，他却伸直了他底哗着的两手而奇怪了，等到轿子到了他家里的门口，他简直发呆似地远远地站在前面，背靠在一株柱子上面向着轿，其余的孩子们胆怯地探头的围在轿的两边。妇人走出来了，她昏迷的眼睛还认不清站在前面的，穿着褴褛的衣服，头发蓬乱的，身子和三年前一样的短小，那个八岁的孩子是她底春宝。突然，她哭出来的高叫了："春宝呀！"

一群孩子们，个个无意地吃了一惊，而春宝简直吓的躲进屋里他父亲那里去了。

妇人在灰暗的屋内坐了许久许久，她和她底丈夫都没有一句话。夜色降落了，他下垂的头昂起来，向她说："烧饭吃罢！"

妇人就不得已地站起来，向屋角上旋转了一周，一点也没有气力地对她丈夫说："米缸内是空空的。……"

男人冷笑了一声，答说："你真在大户人家底家里生活过来了！米，盛在那只香烟盒子内。"

当天晚上，男子向他底儿子说："春宝，跟你底娘去睡！"

而春宝却靠在灶边哭起来了。他底母亲走近他，一

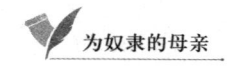

边叫:"春宝,宝宝!"

可是当她底手去抚摸他底时候,他又闪避开了。男子加上说:"会生疏得那么快,一顿打呢!"

她眼睁睁地睡在一张龌龊的狭板床上,春宝陌生似地睡在她底身边。在她底已经麻木的脑内,仿佛秋宝肥白可爱地在她身边挣动着,她伸出两手想去抱,可是身边是春宝。这时,春宝睡着了,转了一个身,他底母亲紧紧地将他抱住,而孩子却从鼾声的微弱中,脸伏在她底胸膛上,两手抚摸着她底两乳。

沉静而寒冷的死一般的长夜,似无限地拖延着,拖延着……

一九三〇年一月二十日

无聊的谈话

秋雨滴滴淅淅的落着,正如打在我底心上一样,使我底心染湿了秋色的幽秘,反应出人生底零落和无聊来。

实在,这样椅子,于我不适合!恐怕因为太软,正要推翻了去找那岩石砌成的坐着。但又茫茫何处呢?无可如何,还是永远去兀然立着,做个古庙厢旁里底菩萨。然而体弱的我,又难化筋肉为泥木!宇宙啊!你为什么生出一个"我"底大谜啊?

我现在正在一间受三分之一的光线的房里徘徊。耳朵浸在雨声里,眼看那不红不白的地板,手拌着背后,自然而无意义的走动两脚——踯躅之声,打着雨奏的歌曲底拍子。

两个孩子,正躺在我底床上,谈些我所不懂的话。以后,女孩说:"先生!你很没趣罢?"

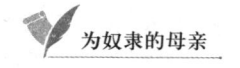

"是的！"

"为什么没趣呢？你能告诉我吗？"

"不能，因为我底心太秘密，不许口子去告诉别人知道。"

我一边仍在徘徊，一边慢慢地答她。她想了一息，说道："我知道你了，你在想你的妻子？是么？"

"不，决不。".

"想你底父母？"

"也不。"

"呵，想将来？"

"不过猜到了我没趣的十分之一。"

"你还为什么呢？哇！知道了，中饭还没吃，肚里饿了！"

说着她也自觉得，微笑起来了，我即说："不是，不是！你究竟不能知道我底心，愈猜愈远了。"

"你为什么不能告诉我呢？我底心事，你都知道，你自己说明白我心内之十分之八。你连一分都不能告诉我么？我又不和别人讲。哈哈，你以为我是一个小孩子，哈哈。"

她底笑声里，藏着一腔无名的意义，很使我底心潮起了一种不自然的波浪。所以我说："我知道你底心不像小孩子，可是我总不能令世界上随便谁人，明白而安慰我心之惆怅！所以在我底今生，总没有可告之对象了！对象就是领受我底怨诉而同情和解慰我的人。由是，我更恨我生之无为！宇宙间我是人类底孤独者！"

说到此我底心不由得更为辛酸起来。停了一息，接着说："我只有等待死后，或者会有知心者，来领接我底悲哀，一洒同情之泪！所以我底快乐，也只可望诸来世了！"

她听了我底话，好似感到了深深的幽处。两眼斜斜地一默，表出辽远的感情，对我说："你不爱你底妻子么？这是你自己的不好。"

"并不不爱，伊或者也能同情我底怨诉，可是，没法领受我。"

"为什么呢？你可写在纸上寄给她。我有时觉得心里闷着许多话，要待告诉，可是没处可告诉，我就抽出纸，写在纸上。写好了，自己读读，几分没趣也借此可忘记了。至于你，更可寄这纸于你妻子，多少快乐啊！"

我这时也只有对她叹了一口气，因为我底不幸的妻子不能如她所想像的这么一个。她接着说道："我还

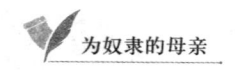

有，不过这话你不能告诉别人，我现在告诉你——我有时像有许多许多……说不出哟！……就是'爱！'要到别人。而一看，竟没一人可被我爱！唉，我真觉得烦恼啊！"

说到这里，她将身一翻，指着睡在身边的她底弟弟——他是抱着一只猫，正和猫玩。说："同他讲讲，又不懂，而且不理，他是一个呆子！——他是我的哥哥便好了。"

于是我问："你不爱你底父母么？"

"啐！他们是摆出大人的样子，哪个高兴和他们讲。他们专功讲嗜好，讲应酬，忙也忙煞。"

"你不爱么？"

我是一个无聊的问。

"爱总是爱的。爸爸不愿意……总之，他们是父母，我恨没有我同样的一个人，以先，在外国，还有一个LiLi，她能明白我心思底一半。真有趣哟，有时放了学，心里烦恼起来，我就邀她同道，带了一点酒，几片饼干，到山上去，在树荫下坐着吃吃谈谈，烦恼就完全忘记了。现在，唉！一个都没有！"

她摇摇头，作相逢无知己之叹。我实在想，她底心里有我是她底一个先生的观念,否则,减了十岁和她同庚,她一定感到我是她底一个知心啊!我一边自恨,一边笑笑对她说:"你可期待将来天帝定会差遣一个你底知心者到你底面前来,你可期待。"

她奇怪起来,侧转了头说:"有这样好?"

"一定的,再过几年。可怜我是没有'几年'可期待了!"

她一想,她很明白了我话中底幽秘,她说道:"是否指丈夫呵?啐!我不愿结婚的!何苦,同男人结婚,丧失了自己。"

"有不丧失你自己的男人,会同你结婚的。"

"无论如何不!就结婚也同保贞结婚,不好同女人结婚的么?将来我决定或者不结婚,或者同保贞结婚。"

她说到这里,实在不懂得结婚的意义(不过这正是她现在所切心研究的一个问题,因为她是十三岁了。)所以更表出洋洋自得的样子,弯弯头说道:"我将来一定提倡男人和男人结婚,女人和女人结婚,省得性子不同,时常争闹。"

我不觉十分注目视她,我底徘徊也就被她停止了,心里动荡着无边际的幽秘,就随口说道:"正以性子不

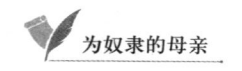

同，要男女结婚。"

说好了，我立刻觉得不好，不该以这话提示她。她问道："奇怪哉！我不懂，为什么缘故呢？"

所以我说道："请你不必讨论这个问题罢。你再等几年，自然会明白人生底意义的。我和你一样大的时候，也时时留心这些问题。到现在，一回想，就觉懊悔不叠。即此刻，也更使我没趣了！我不能明白和你说出来，我很抱歉。不过，就说出来，也没意思，望你绝对不想它就是了。"

我依然徘徊。她呢，更为我静默了。慢慢地说："我晓得你是不肯讲。不过，奇怪，为什么不肯讲呢？我也晓得几分，不完全明白就是，究竟有什么稀奇呢？你总以为我是一个小孩子。但你不讲，我更要想它！一个人总有好奇心的。"

我不愿再咀嚼这苦心麻口的话，逗引她更入进一步的幻境。所以我说："此时，我底好奇心更使我没趣了！但无论如何对之总不能解决。不得已，我想将这渺渺千里无归依的无聊，哀诉我底纸，再焚化我底纸而升上天庭，启奏玉帝，任凭玉帝底感想而发付我。——请你俩到楼上去玩一刻罢。"

她就立刻起来问道:"写信给师母么?"

"不,伊非玉帝,没有接受我底哀诉的权力!"

此刻男孩也玩够了,听了姐姐底话,好似得到秘密的消息发觉般,跳起笑道:"要写信给师母!要写信给师母!"

于是他俩走了。其实,天呀!非特说写给妻子,而且叫我怎样写呢?除非有天使般的解剖学家,来挖出我底脑子,放在一千万倍的显微镜底下,细细地观察,才能知道其冗繁组织的无聊处,怕再没有第二方法了!我只好坐下椅子,又立起来徘徊,坐下椅子,又立起来徘徊。椅子呀!我实在要推翻你了!

一九二三年十一月十六日

生　日

　　夏历八月二十七的一天，是萧彬二十三岁的生日。本来，他底生日是不容易忘记的。自从进了小学校以后，这十数年来，当每次举行孔子底圣诞的祀礼时，他总在热闹里面舞跳着，暗地里纪念他自己底生辰。但自从离开中学以后，他底不易开展的命运，就放他在困顿与漂流的途中，低头踏过他无力的脚步。因此，他底生之纪念，也就和他生之幸福同样地流到飘渺的天边。这回，他能够在三天前重新记起了他底久被弃置的生日的就近，全是一位左邻的小学生底力量。

　　"萧先生，过了后天就是孔子底圣诞了。"

　　在二十四那一天底傍晚，萧彬正在沿阶上踱来踱去。他底左邻的维小友，腰间挟着书包，从学校跳步回来，这样对他说。

　　"圣诞，是一个什么日子呢？"萧彬微笑地似问非问的样子。

维小友答:"是我们快乐的日子。"

说着便跑进他底家里去了。萧彬底如冬之沉寂的心海内,便刹时起了风涛。心想:"快乐的日子,是谁底快乐的日子呵?在我,已经不会再来了!"一边,他走进一间灰暗的房内,关起门,似乎要隔绝那恼人的思想。可是思想是个无赖汉,仍溜进房内与他为难了:

——母亲呀,你何时再能为你流落的儿子烧碗米面呢?在面上放着两只鸡蛋,一条鸡腿,这是多少年以前的事情了?

接着,他更辽远地缥缈地想起——他为什么要这样做人,假如那天他母亲不生他,人间与他无关系;这又何等干净呢!但一边他哈的冷笑一声,似笑他自己想念之愚。最后说:"那一天是谁底生日,该是上帝底意旨罢?"

这天早晨,萧彬起来很早。东方底云刚才染着阳光底桃色,他就披着一件青布长衫,拖着一双拖鞋,向淡雾的朦胧的田野间走去。草上底露珠,黏着了他底两脚,湿透他底鞋袜。他在清冷的空气中,深深地呼吸了几口呼吸。觉得空气刺激他底喉咙,有些清快,又有些

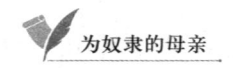

酸辣。他再向前走，似要走上前面那座小山去一样。他胸中毫无目的，也毫无计划。只是有心无心地向前走去，一种块垒难于放下似的。草底下的虫儿，唱歌还没完毕，树枝上底小鸟，已开始跳舞了。他也毫不留心地走过，简直大自然底早晨底优美，于他毫没关系般。清晨的弥漫的四周激荡他。他就站在田睦上，向东方回忆起来：

——今天是我底生日，也是孔子底圣诞，在古今的时间线底这一点上，究竟发生什么特殊的意义呢！二十二年前的此刻，我呱呀一声坠地。这又不过是一种自然的现象，如苹果成熟了的坠地一般。母亲告诉我——在那时，外祖母得到消息，立刻拍手叫我"归山虎"，因这年是寅年。又叫我是"熟年儿郎"，因她正在打稻的时候，禾黍丰登，满田野都是黄金色的佳穗。我四周的人们，个个为我快乐。我固肥白为爱，而天公也似特意厚待我：我生之晨，天空有五彩绚烂的云霞拥护着屋顶；数十头喜鹊不住地在我家屋檐上叫而且跳；父亲拿些檀香在香炉里烧烧，香味也异常透人鼻髓。个个脸上底笑纹，个个口里底祝福——将从我带来许多美丽到人间。可是现在呀，我之为我，正与人们所祈望的相反了！自从十六岁离家，流年漂泊，饱尝风霜野店的滋味。时觉庞大山河，竟没有我驻足之所，更无望前途有所依归了。少年底理想与雄心，一阵阵被春雨秋风所摧残与剥落。现在呀，所遗留的我，不过是一个该忏悔的活尸罢？还有什么别的生命之真正的另一种意义呢？

他不愿再想下去。一边又慢慢地向前走，走到一株苍劲盘曲的老松树下，他蹲下去，似要在它伞一般底荫下安睡一息。但到田间来工作的农夫们多了，一个个走过他身边用奇异的不可解释的目光看一回他，他羞涩了，又立起低头走回来。他一边口里念念：

　　无聊的生命呀，
　　你来到人间何所求？
　　太阳呵，你不过，
　　助无聊的人更无聊罢！

早餐他吃过了一碗稀饭，就站在檐下望天。蔚蓝的天宇满盖屋上，白云有如青草地上底蝴蝶，从西向东掠飞过去。实际，在地面是感不到什么风，虽则庭前底柳树，有时也飘落几片细瘦黄叶到他底身上来。照他自

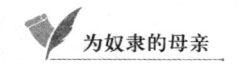

修表上所规定的,这时该是他用功的时候了,而且英译本的莫泊桑底《一生》,已读到最后几页了。但他,不知什么缘故,老是呆立着,不想去完结它,也一些不想去做。他自念:今天应该过个痛痛快快的日子才是,饮酒呢,放开肚皮,喝个酩酊大醉;或到什么高山底极顶上去,大笑一场。忽一转念:"这些都适合我底生日底情调的和谐么,还是静默罢!"一边他又走进那间灰黯的寓室,坐下椅子。一时,又向抽斗里拿出一本簿子,似乎要做过去的回忆:将他二十二年来的生活情形,飘流,失望,烦恼,灰心,以及可纪念可感激的亲友,他要详尽地写在这本簿子上。他还想用美丽的笔写就之后,再找那同调的人儿,敬赠给她,以博得嫣然之一笑,或幽声之一哭。但他磨好墨,濡好笔,又停滞着。他不知从何事写起,又从何处写起,生活是碎屑的,平常的,过去又是恍恍惚惚的,真实的他,一刻刻地在转换着,那过去的他底事迹,也随着时间之影的变幻而倏灭了。况且你是个庸众!"最后他自己这样咒骂了一句,竟在椅上不稳定起来,身子震撼着,四周觉到空泛。于是他又站起,在房内徘徊了一息。又开了门,用沉重的脚步向门外走出去。

走不到半里，他就见对面来了一队约百数十个小学生。他们是到大成殿去祀孔的。他认识在旗帜飘扬底下，衣冠整齐的是某小学校底教员金先生。他忽然觉得不敢往前走去，似有些惶恐。金先生是青年，但有老人似的极严正苛刻的人生观，这时在萧彬看来，简直有一种不可侵犯的神圣围护在他身边，他自己是渺小如有罪的囚犯，他没有勇气去碰见他，点个无聊的勉强微笑的头。就一闪转弯到一条僻静的小巷。

他只是没精打采的瞎走，自己是非常消沉。但一忽，却有一种清脆的小女底卖花的声音，从远处叫近了。一位年约十四五岁的女郎，身穿柳条花布衫裤，手挽花篮，盛着一篮香气扑鼻的桂花，几乎拦住在他底身前。

"先生，你要买桂花么？"

"桂花，它已经开了？"

萧彬稍稍兴奋地。女郎就从篮里拿取一枝，递给他。

"开的盛呀，这枝。"

他就受去放在鼻上闻一闻。女郎同时又用微笑的眼给他。他几乎忧戚地问她："多少钱？小姑娘。"

"四枚铜子罢，先生。"

"为什么这样便宜呢？"

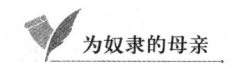

"便宜吗？先生。"

女郎活泼地，伶俐的眼珠不住地看他。一个却简直发痴似的，也看看她，缥缈地想开来——一个可爱的女郎，在街头巷尾卖花，喊破她底幽喉，为几个铜子！这样，他一边问："小姑娘，你家住什么地方？"

"西门，美记花园是我底爸爸底。我们都靠花养活。我们底园里四季都开着好花。先生有闲，可以到我们那里来玩玩的。"

"谢谢你，小妹妹。可是你这篮花要卖几多钱呢？"

女郎轻便地动着两唇："不过两角钱。"

萧彬却兴奋地说："那么小姑娘，我给你两角钱，你索性将这篮花都卖给我罢。"

女郎一时说不出话来了。许久，她问："你要这许多桂花做什么呢？"

"那你今天可以不必到处乱叫了。"

"明天还是要卖的，先生。"

女郎低下头，似触着了什么悲伤。可是一息说："先生，给我钱。卖花是要赶时候的，花谢了，谁要呢？"

他也立刻醒悟过来："该死，该死，我还缠着她做什么？"心想，一边就从袋内摸出几个铜子，掷在她手内，愤怒地走开了。

女郎在他底身后说："先生有闲，可以到我们花园里来玩玩的。"

随即又听她尖脆的凄凉的叫起卖花的声音来："桂花！桂花！"一声声似细石掷下深渊中去一样，声浪悠远地绕着他耳际。

他手里捻着花，低头默默地前走，也没有方向。心是胡乱地想，一息想那位可爱而又可怜的卖花女郎，一息又想他自己，一息又想那位女郎和他自己的关系——在生日送他芬芳的花，有意点缀他这个无聊的日子似的。他轻笑了一笑，又闻了一闻花。在这冷气涨满的巷里，竟似一个人在演剧一般，表现他喜怒哀乐的各种情绪。

"我不该有这枝花罢？小姑娘是可爱的。"

一息这么想，一息又那么说："荣幸！我该清供在花瓶中。"

同时脚步有些走快起来。刚刚走到巷口，又见国旗飘扬的过去，这是一队女小学校的学生，也是往学宫祀孔的。他被挤在观众中，一时呆立着，百数十个女孩子，从五六岁到十五六岁，身上穿着华美的衣服，脸上浮现出笑容，他想："在圣诞节横行街市，是多么幸福

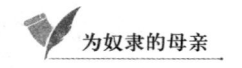

呀！"更有几位年轻而美貌的女教师，撑着石榴花色与翡翠色的小伞，掩映她们骄傲的脸儿在阳光之下，而且偷偷地横视他一眼，这使他惭愧了。他底两颊落下红色，心颤跳着，一时怒恨起来："她们得到上帝底什么呢？"他很想将他手里底花掷过去，打在她们底脸上，打破她们薄薄的脸皮。但巷口拥着的观众，个个都是目光炯炯的好汉，好像生来就为保护女性和拥护礼教似的，萧彬怎么敢做一个用花打人的凶手呢？幸得全队也一息就通过他底前面了。

他没精打采地回到窝里。将桂花插在一只缺口的白瓷花瓶里，又将瓶里换了清水。就对花用手支头靠在桌上，呆坐着。他一些也不想什么，也想不出什么来。他很像身体被无聊所凝冻了，而同时又感到要熔解似的。阳光照在他底桌上，桂花底秀气一阵阵冲入他鼻，他竟倦倦地想睡去了。但他瞧一瞧他底自修表，觉得工作又紧催着他，他顿时叹息了一声，伸一伸他底胸，似要振作一下的样子。

太阳在他底头上，似乎走的慢极了。红色的无力的脚跟，和他同样地在阶前缓步。这是下午一时，他想他自己底生日，还只有过了一半。"睡罢，睡是死底兄弟！要将这无用的光阴一送过去，非求睡神底恩赦不可。"于是他又回到房内，脱了他外面的长衣，睡下。但怎样睡得着呢？一切无挂念，远离颠倒梦想，他能够做得到吗？他只有诅咒他自己，念念南无阿弥陀佛，听听钟摆得答的声音，或记数数一二三四五，但有效验吗？心是愈想弄静而愈躁，脸发烧了，背透汗了，他似睡在赤道底下一样，但他睡不着了。掀开被，昏沉沉地坐起，无所适从的样子。一息，他又重开出房门，心想到他好久不去的悲湖了。"向秋子长空去看看鸢飞鱼跃罢。"一边又用他脚镣镣着犯人似的脚步向一面城墙走出去。

苍穹更展开它宽阔的怀抱，大地吐着媚人的颜色——绿的水，青翠的山，疏散的堤边杨柳，金黄色待割的禾。他走向翠桥底石栏杆边，坐下。口子吮吸着好像鱼吸水一样，这时他好像和阳光接吻。他回首望望城墙的危圮，耳又听到隔岸的捣衣声，想像他自己是一个落魄的英雄，一边就记起了数日前读了的陆放翁做的一首《秋思》来。他不觉低声咏吟道：

日落江城闻捣衣，长空杳杳雁南飞。

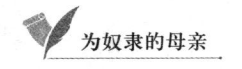

桑枝空后醅初熟，豆荚成时兔正肥。

徂岁背人常冉冉，老怀感物倍依依。

平生许国今何有？且拟梁鸿赋五噫！

他觉得这首诗非常恰合他这时的心境。只可惜他年龄轻些，不能学放翁一样，寄身于陇亩，酒酣耳热之际，跌荡淋漓，唱唱他自己底"壮心空万里""向暗中消尽当年豪气"的诗句。至于梁鸿呢，他有举案齐眉的妻子，不免连放翁也羡慕起来。但他，又哪里能谈得到呀。他觉得他有一腔无名的幽怨，向他底心坎紧紧地涨上来。这时，有四五个身穿制服的英俊少年学生，从桥上过去，一边议论着，什么"路里丢着银子都没人拾去""三个月鲁国太平"一类赞颂孔子底盛德的话。他听过，觉得心里更不舒服。好像连孩子们都比他切实，比他强韧，他们底两脚踏在地球上是稳定的。他垂下头，眼望那桥下的水草，微波激着水草夭夭的动着。可是一忽，他又对他自己说道："走罢！呆坐在这里做什么呢？"

他就站了起来，向桥底那边走去。

随后到了一座寺院，他就跨进大门。他看大笑的弥

生　日

勒佛似在欢迎他，又看两旁雄纠纠的金刚似威吓他，他乐意又胆怯，但还当作毫没事般进去。寺内十分沉寂，一派阴森的寒气。数十头鸦雀这时正在庭前的松柏上咭噪着。他先到一边厢房，供奉着伽蓝菩萨。它底台座前满挂各种大小不同，新旧不等的匾额，香案上点着煌煌的长蜡烛，香炉里有渺渺的香烟，在烟烛之间放着一只签诗筒，显然是一刻以前有人祈祷过的。于是他也想：伽蓝称护法之神，或者也能指示他底迷途，有些灵验。于是他就借了别人未烧完的香烛，卜他残破的人生底去处的机运，拿了签诗筒来，也不跪下，也不摇，就从许多竹签里面抽出一支竹签来，他看签上写着：

第九十九签中平。

于是他再到签诗堆里去对，寻出一张第九十九签的签诗纸来。他一读，知道是一首八句的七言律诗。后四句是：

大鹏有翅狂风日，野鹤无粮朗月时。
一片茫茫随君意，车可东行马可西。

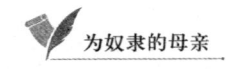

他念了几遍，也觉得里面含有一种玄妙的隐机。他向伽蓝微微一笑，似称赞它值得悬挂"不显哉"的匾额一般。再看签诗底小注，是"行人在""婚姻成""功名第"等，更没什么意义了。于是走出来到大雄宝殿。也没有什么心思，就回出寺门。

太阳与地平线成三十度的角度。他觉得没有新鲜的地方可玩，仍又回到堤上来。

这时，他望见城门内跑出一匹肥大白马，红鞍之上坐着一位丰姿奕奕的美少年。他一手挥着皮鞭，一手揽着缰绳，汗流地飞过他堤边。踢踢的马蹄翻起泥尘，泥尘就飞扬于湖上，雾一阵地。随后蹄声渐远，飞尘渐低，人与马也悠悠地向山坡隐没而去。于是萧彬底周身底血流又快起来。他想，"骑着白马，扬鞭于美丽的湖山间，侧目道旁的弱者，这又何等可羡慕的呵！忍气吞声地在人间偷活着，倒不如自杀了干脆罢！"但不敢用花打人的人，又怎么会有自杀底勇气呢？他终于怅怅然低下头去了。

一边他慢慢地走到水边，就将他手里底第九十九签的签诗，平放在水上。纸湿透了水，杳杳地向湖心流去。同时他昂头高声向天道："车可东行马可西，英雄仗剑正当时！"

他不愿再留恋山水间，正似赴战场一样走了回来。

当晚，他又坐在书桌前，眼望窗外黄昏底天色。房东走到他底房外叫他吃饭，他说："我此刻不要吃。"房东问他为什么。他答："不为什么，只是今天是我特殊的日子。"

约莫呆坐了一点钟，他才站起来，走出去，向一家小菜馆里踏进。心里想：喝点酒罢，喝个醉罢，送过今前之一切陈腐，换得今后底一个新生罢！

他喝了半斤黄酒，神经有些摇动了。他看着他旁边的一桌——三个兵士同一个妇人。她用极丑陋的笑脸丢给兵士，提着酒杯将酒灌下到兵士底喉咙里，兵士用手打着妇人底面颊，还用脚伸放在她底腿上，互相戏谑着，互相谩骂着。菜馔摆满桌上，两个堂倌，来回不住地跑。萧彬看得很气忿，他诅咒人间的丑恶。忽然，堂倌跑来低声说："营长来了。"于是妇人就避入别室，兵士也整理一下他们底衣帽，坐着。可是他不愿吃饭了，不知怎样，全身火焰一般地烧着。就愤愤地站起走了。营长上梯来，跟着四个兵士，他迎面碰着用仔细的发火的眼向营长一看，营长也奇怪地打量了他一下。他

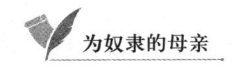

跑下楼很快，护兵回头看着他，似疑心他是刺客一般。他毫不觉得，一直跑到付账处。

掌柜是一个身躯肥胖的矮子，口边有八字胡须。这时却正动着他底八字胡须，骂一个十三四岁的小伙计。小伙计掩着脸在门边哭。堂倌在楼上高声叫："三角五分呀！"萧彬就递一块钱给他找。掌柜毫不理会，声势汹汹地继续骂着。"请找给我钱罢。"他说。掌柜还没有听到，甚至要伸手去打那位小伙计。于是他发怒地问："你们不做生意吗？我站着看你们打骂吗？"这样，掌柜转出笑脸向他说："先生，这小家伙实在坏极！时常没心做事，打碎东西，方才又跌碎一只盆子，还说是我碰着他的。"他说："打碎盆子总有的，盆子也值几个钱呢！"掌柜转一转他底肚皮答："二角二分大洋啊！"他正色的做笑说："那让我赔偿你罢，不要打他了。"掌柜连忙恭敬地答："哪里，哪里。"可是一边却在算盘上打着三角五分，一边又加上二角二分，于是向他说："那么，叨光，先生，一共五角七分。"这时营长和护兵已下楼来，围着付帐处看。看到这里才冷笑一声，打着官话去了。掌柜用找还的钱递给他说："这里，先生，四角三分。"他没有说话，受了钱，一径走出来。

路里,他又悲哀又骄傲地叹息一声说:"唉,我底无聊的生日总算过去了。"

一九二四年秋作于慈谿
一九二九年一月修改